A comédia intelectual de Paul Valéry

João Alexandre Barbosa

A COMÉDIA INTELECTUAL
DE PAUL VALÉRY

ILUMI//URAS

Copyright © 2007:
João Alexandre Barbosa

Copyright © 2007 desta edição:
Editora Iluminuras Ltda.

Capa:
Carlos Clémen

Revisão:
Ariadne Escobar Branco e Lucia Brandão

DADOS INTERNACIONAIS DE CATALOGAÇÃO NA PUBLICAÇÃO (CIP)
(Câmara Brasileira do Livro, SP, Brasil)

Barbosa, João Alexandre, 1937-2006.
A comédia intelectual de Paul Valéry / João Alexandre
Barbosa. — São Paulo : Iluminuras, 2007.

ISBN 978-85-7321-253-2

1. Crítica literária 2. Poesia Francesa -
História e crítica 3. Valéry, Paul, 1871-1945 -
Crítica e interpretação I. Título

07-2419   CDD-841.09

Índices para catálogo sistemático

1. Poesia : Literatura francesa : História e crítica   841.09

2007
EDITORA ILUMINURAS LTDA.
Rua Inácio Pereira da Rocha, 389 - 05432-011 - São Paulo - SP - Brasil
Tel: (11)3031-6161 / Fax: (11)3031-4989
iluminur@iluminuras.com.br
www.iluminuras.com.br

À memória de meus amigos
Jorge Wanderley e
Sebastião Uchoa Leite

SUMÁRIO

Apresentação 11
Leyla Perrone-Moisés

À margem dos textos 15

Mallarmé segundo Valéry (1970) 27

Leitura do *Cemitério* (1974) 53

Permanência e continuidade de Paul Valéry (1991) 65

Poesia e abstração em Paul Valéry (1995) 75

Paul Valéry e a *Comédia Intelectual* (1995) 85

Variações sobre *Eupalinos* (1995) 101

Paul Valéry e a tradução de *Monsieur Teste* (1997) 109

Os *Cadernos* de Paul Valéry (1999) 131

O *Fausto* de Valéry (2005) 137

Sobre o Autor 159

APRESENTAÇÃO

Leyla Perrone-Moisés

"Meu caro, um verdadeiro livro dispensa apresentação, procede como o amor à primeira vista, como a mulher com relação ao amante, e sem a ajuda de um terceiro, o marido" (Mallarmé, em carta a Charles Guérin, em dezembro de 1894).

Se há um livro que dispense apresentação, é este de João Alexandre Barbosa sobre Valéry, e isso por duas razões, pelo menos. A primeira, por se tratar, parafraseando Mallarmé, de um amor do crítico pelo poeta, um amor à primeira, segunda e sucessivas vistas. Os ensaios aqui reunidos são, no dizer do autor, um "ajuste de contas" com um escritor que o perseguiu e que ele persegue há quase quarenta anos. Tal fidelidade ao escritor, e a resultante intimidade com sua obra, fazem com que o diálogo do crítico com seu objeto dispensem a intervenção de um terceiro. A segunda razão é que, em sua própria apresentação ("À margem dos textos"), João Alexandre Barbosa examina seus próprios ensaios com a precisão e a objetividade de um terceiro, descrevendo as diversas etapas de seu convívio com Valéry. Por isso, não há melhor apresentação para este livro do que esta redigida pelo próprio autor.

Mas como foram as "afinidades eletivas" que motivaram o convite para que eu escrevesse esta apresentação, aceito fazer algumas considerações sobre Valéry e, sobretudo, acerca da leitura de João Alexandre Barbosa.

Se a grande poesia romântica foi feita e teorizada pelos alemães e pelos anglo-saxões, a arriscada aventura da poesia moderna ocorreu principalmente na França, de Baudelaire a Valéry. Acompanhar as mutações sofridas pela prática poética da Modernidade, através dos nomes-obras que protagonizaram essa aventura, é indispensável para que se compreenda a poesia do século XX, e mesmo a do iniciante século XXI. Baudelaire, o primeiro teorizador da Modernidade, praticou sua suntuosa poesia com um pé na "eternidade" clássica, e outro na transitória modernidade. Viveu a poesia como maldição, pecado, dandismo e, segundo Benjamin, como heroísmo. Rimbaud veio em seguida, para vivê-la como rebelião e vidência, atingindo com a rapidez de um raio um extremo de "desregramento" que só podia desembocar no silêncio. Paralelamente, e à margem, Lautréamont praticou-a como paródia e metalinguagem, anunciando precocemente um pós-literatura. Desapareceu depressa, como Rimbaud, para só começar a ser lido cinqüenta anos mais tarde. E então veio Mallarmé que, tendo lido todos os livros e sofrido com a crescente vulgaridade social, viveu a poesia como separação, elevação, hermetismo e sacerdócio. Seu jovem discípulo, Valéry, levaria essa aventura coletiva a uma outra etapa, praticando e teorizando a poesia como exercício da inteligência, buscando a lucidez do espírito e a clareza da forma.

Embora a influência desses poetas na configuração da poesia moderna seja desigual, certas características, progressivamente acentuadas, os irmanava: todos eles foram teóricos da poesia, em longos ensaios ou em frases fulgurantes; todos eles reconheceram a alteridade do Eu na linguagem poética, e a conseqüente recusa da poesia pessoal, expressiva e sentimental; todos eles afirmaram ser a poesia um "fazer", e não uma representação de algum sentido prévio e supostamente inspirado. Mergulharam progressivamente na "essência" do poético, num movimento que Maurice Blanchot apontou como suicida. Esse suicídio da poesia era necessário para que ela saísse, como disse Baudelaire, do fundo do Desconhecido para descobrir o Novo.

João Alexandre Barbosa concentrou sua atenção, ao longo dos anos, no último poeta dessa linhagem. Paul Valéry, como personalidade, já não tinha nada a ver com a "maldição" dos heróis da Modernidade. Intelectual, disciplinado, metódico, conheceu o sucesso, a Academia, o Collège de France e, em 1945, teve um enterro com honras nacionais. Avesso às névoas do simbolismo, declarou que "um poema deve ser uma festa do intelecto". Mas se Valéry tivesse sido apenas isso, teria sido somente um neoclássico. Acontece que, de todos esses poetas, Valéry foi o que deixou a mais aguda e completa teoria de escrita poética moderna, cujos efeitos se fazem sentir até os dias de hoje. Sua personagem e alter-ego, Monsieur Teste, começa por dizer que a estupidez não era o seu forte. E, de fato, o forte de Valéry foi sua extraordinária

Apresentação

"inteligência" (no sentido de compreensão) dos fundamentos e procedimentos da escrita poética moderna.

Nada mais esclarecedor, para situar o poeta, que o primeiro capítulo deste livro, "Mallarmé segundo Valéry". Reconhecendo-se como discípulo de Mallarmé, Valéry deixou muitas páginas escritas sobre ele e, ao examiná-las, João Alexandre Barbosa consegue seu objetivo de mostrar como o poeta dá prosseguimento ao legado teórico do mestre e, ao mesmo tempo, dele se afasta por seu temperamento e por seu projeto pessoal. Valéry reconheceu a grandeza de Mallarmé, mas não compreendeu plenamente o alcance de sua poesia. Como aponta João Alexandre Barbosa, "os textos criativos de Valéry se conservam numa linha de fronteira com referência à tradição". Sua busca de clareza esbarrou na "obscuridade" de Mallarmé, e embora fascinado por Um lance de dados, *"como se uma constelação nova tivesse surgido no céu", ficou perplexo com o contraste psicológico entre o homem Mallarmé e a audácia de seu projeto, invocando até mesmo a possibilidade de uma "patologia mental". Nesse notável ensaio, João Alexandre Barbosa esclarece minuciosamente esse mal-entendido, e conclui: Valéry "não era capaz de ver o 'Mestre' como o autor que, com a sua obra final, abria caminho para aquilo que, no nível da teoria, era por ele percebido de modo tão lúcido: a imagem mallarmeana é ainda a do chefe do Simbolismo que reduzira a zero pretensões românticas descritivas, consagrando-se a um projeto apenas de* perfeição *durante mais de trinta anos". A verdade, que João Alexandre Barbosa aponta agudamente, é que a teoria de Valéry era mais avançada do que sua prática poética, que "não fazia mais do que continuar uma tradição da poesia francesa do fim do século".*

Depois de efetuar essa leitura "por fora", o crítico passa a ler Valéry "por dentro", isto é, em sua poesia. A "Leitura do Cemitério marinho *" ocasionada pela publicação da versão brasileira por Jorge Wanderley, em 1970, é das mais completas e informadas de que tenho notícia, em qualquer língua. Enriquece essa análise o conhecimento que o crítico demonstra, não apenas da extensa documentação existente sobre o poema, e das melhores leituras feitas na França, como das fontes críticas em língua inglesa. Conhecimento e entendimento que levam o crítico brasileiro a excelentes formulações sobre a poesia em geral: "Poema: linguagem em movimento. Signo imantado que, de modo inevitável, arrasta para a sua viagem o que a reflexão abstrata pode manter entre parênteses".*

Duas décadas mais tarde, o crítico volta a escrever sobre Valéry, agora "sem o tumulto da admiração", e produz o ensaio "Permanência e continuidade de Paul Valéry" em que, para além das considerações cada vez mais depuradas sobre o poeta, estabelece uma instigante "linha de relação fundamental Poe / Valéry / Calvino". E como os grandes poetas nunca mais deixam em paz os críticos que com eles se metem, João Alexandre Barbosa efetua, em seguida, uma belíssima leitura de três poemas de Charmes: *"Poesia e abstração em Paul Valéry".*

O volume contém ainda ensaios sobre os Cahiers, Eupalinos, Monsieur Teste *e sobre o* Fausto, *configurando-se assim como uma grande viagem pela obra de Valéry, que o leitor poderá desfrutar levado pelas palavras do mais esclarecedor dos guias. Em* Eupalinos, *Valéry declarava: "Busquei a justeza nos pensamentos, para que, claramente engendradas, pela consideração das coisas, eles se transformem, como por si só, nos atos de minha arte". As sucessivas leituras de João Alexandre Barbosa são atos de sua arte crítica.*

À MARGEM DOS TEXTOS

Há autores assim: perseguem o leitor durante anos e terminam por exigir um ajuste de contas num determinado momento da vida. Cada um tem o seu. Um dos meus, e dos mais freqüentes, foi Paul Valéry.

Comecei a lê-lo mal saído da adolescência e sua leitura coincidiu mesmo com o meu interesse mais sistemático pela literatura aí pelos fins dos anos 50.

É claro que comecei pelo poeta e só mais tarde as leituras foram se ampliando para os textos de crítica — aqueles de *Variété* — e somente muito tempo depois para os demais escritos, ampliação que coincidia com a edição de suas *Oeuvres*, em dois volumes, pela Gallimard na prestigiosa coleção Pléiade, cujo primeiro volume foi publicado em 1957.

Leituras que eram compartilhadas com alguns amigos mais chegados, sobretudo com o poeta, crítico e tradutor Sebastião Uchoa Leite (1935-2003) que, na época, começava a se ensaiar na poesia e cujo primeiro livro de poemas, *Dez sonetos sem matéria*, de 1960, dava provas dessas leituras, sendo, como é, um livro de marcada e explícita influência valeryana. A ele, por isso, mas não só, vai também dedicada esta coletânea de ensaios sobre o poeta, crítico e tradutor francês. À lembrança de momentos inesquecíveis em que nos maravilhávamos com as magias da linguagem de Valéry e, sobretudo, com o teor de consciência; uma consciência sofrida, digamos assim, dos próprios mecanismos da criação literária.

Um outro amigo e companheiro de leituras de Valéry que devo convocar, embora ele seja o motivo deflagrador do segundo texto desta coletânea, é o poeta, crítico e tradutor Jorge Wanderley (1939-1999), que também faz parte da dedicatória.

Na verdade, a sua difícil e bela tradução de *Le cimetière marin*, de 1974, era o coroamento daquelas leituras compartilhadas da poesia de Valéry que fazíamos, quase adolescentes, em Recife.

Mas vamos aos textos deste livro.

O primeiro ensaio que escrevi, em 1970, sobre o poeta francês, *Mallarmé segundo Valéry*, e que foi publicado em 1974, em meu livro *A metáfora crítica*, com o título mais longo de *Suicídio da literatura? Mallarmé segundo Valéry*, era uma espécie de balanço daquilo que Valéry havia escrito sobre Mallarmé, buscando entender o alcance de suas meditações e lembranças para a concepção geral da literatura, assim como as limitações que elas revelavam com relação às ousadias mallarmeanas na criação de poemas inovadores, como, por exemplo, *Un coup de Dés*.

Mais do que isso, entretanto, o ensaio visava uma leitura exaustiva dos textos de Valéry em que o problema da própria idéia da poesia, tal como ela se revelava nas experiências de Mallarmé, a quem ele sempre se referia como Mestre, fora discutida em diferentes épocas de sua obra.

Era ainda, por assim dizer, uma aproximação *por fora* a Valéry, usando os textos críticos sobre Mallarmé como estratégia para discutir questões centrais em sua obra que, somente muito mais tarde, seriam enfrentadas *por dentro*, ou seja, tratando de seus ensaios mais teóricos em si mesmos ou detalhando leituras daqueles ensaios ou de seus poemas.

Embora, da perspectiva de hoje, entenda que muitas das afirmações ali contidas deveriam ser mais matizadas e mesmo contrariadas por leituras posteriores, continuo a ver no ensaio um momento essencial de reflexão crítica que abriu caminhos para outras aventuras de leitura e de reflexão mais amplas e que vieram me acompanhando desde então, permanecendo como indagações, para mim, fundamentais de uma atividade crítica e teórica. Não respostas, mas inquietações que permanecem como motivos para posteriores escrituras que envolvam a literatura.

Inquietações como as que se revelam na leitura do poema *Le cimetière marin*, de que trata o segundo texto desta coletânea.

Na verdade, através da leitura de duas estrofes, a décima terceira e a décima quarta, que permaneceram inalteráveis na composição de um poema de vinte e quatro estrofes que, sem cessar, foi passando por alterações, buscou-se detectar o movimento mais íntimo de um texto que oscila continuamente entre a imobilidade e a mudança, o absoluto e o relativo, a morte e a vida. E de como esse movimento contamina não apenas os significados, mas ainda as próprias articulações significantes do poema.

O texto aqui incluído, publicado, pela primeira vez, como posfácio à tradução de Jorge Wanderley pela Editora Fontana, Rio de Janeiro, 1974 (há uma segunda edição de 1984 pela Max Limonad), com o título mais longo de *Paul Valéry: Leitura viva do Cemitério*, e depois incluído em *As ilusões da modernidade*, Perspectiva, 1986, tinha uma ambição mais ampla: a de, a partir de um poema central na trajetória de poeta de Paul Valéry, fazendo parte do livro *Charmes*, de 1922, livro que firmou, de uma vez por todas, o nome de Valéry nos quadros da poesia francesa e européia do século XX, examinar as relações mais profundas entre a criação poética, de que Valéry já havia dado provas, sobretudo com o poema *La jeune parque*, de 1917, e a consciência crítica envolvida na própria criação.

Um exame prático de leitura daquilo que uma crítica inglesa, Elizabeth Sewell, chamou de *mind in the mirror*. Uma poética de auto-reflexividade. Ou, como está no texto agora republicado:

> *...um módulo de articulação em que a intensidade do objeto poético — emoções, afetividades, imagens e memórias que são nomeadas pelo poema — é traduzida pela linguagem e retraduzida pela consciência crítica.*

Tudo isso, sem perder de vista a exploração pelo poeta dos recursos da própria linguagem do verso, passando do dodecassílabo usual em seu tempo para o decassílabo ilustrado pela tradição dos Du Bellay e Ronsard no século XVI e que, para Valéry, teria sido a origem mais íntima do poema. O que, sem dúvida, representava um desafio suplementar à tarefa de tradução enfrentada por Jorge Wanderley e que ele vence com galhardia. Por isso mesmo, nos exemplos oferecidos no correr do texto, quando é possível, é a tradução que quase sempre comparece numa homenagem ao trabalho do tradutor.

Somente quase vinte anos depois é que voltei a me ocupar, por escrito, de Valéry ao organizar, para a Editora Iluminuras, o volume de ensaios a que se deu o título de *Variedades*, publicado em 1991, com uma segunda edição em 1999.

Como se tratava da primeira antologia da prosa crítica do poeta a ser publicada no português do Brasil, procurou-se oferecer uma visão ampla daquela prosa, escolhendo-se os textos conforme a classificação estabelecida na edição das *Oeuvres* da Pléiade através das rubricas *Literatura, Filosofia (Quase) Política e Poética e Estética.*

O terceiro texto aqui coletado, *Permanência e continuidade de Paul Valéry*, é a introdução que escrevi para aquela antologia, depois parte da obra *Entre livros*, de 1999. Daí o seu caráter mais geral, buscando assinalar alguns pontos nodais de sua prosa, ao mesmo tempo que se estabelece as linhas de influência e continuidade de seu pensamento com relação a antecessores fundamentais para a sua obra, tais como Leonardo da Vinci, Descartes, Edgar Poe ou Mallarmé.

Influência e continuidade que se iluminam por alguns conceitos recorrentes, como, por exemplo, o da consistência (no caso de Poe) ou da analogia (casos de Leonardo ou Mallarmé).

Creio mesmo ter sido esta publicação que puxou, nos anos seguintes, as traduções de diversos textos do poeta, como, entre outros, os diálogos *Eupalinos ou o arquiteto* e *A alma e a dança*, o *Monsieur Teste, Degas, Dança e desenho* e *Introdução ao método de Leonardo da Vinci.*

De qualquer maneira, o fato é que, ao se completar cinqüenta anos da morte do poeta, em 1995, grande parte de sua obra em prosa começou a ser publicada no Brasil, com algumas exceções lastimáveis, como, por exemplo, a inexistência de uma tradução de seus *Cahiers*, ainda que fosse de uma antologia como aquela publicada pela Gallimard, na coleção Pléiade, nos anos 70. (Diga-se, entre parênteses, que alguns poucos trechos dos *Cahiers* foram admiravelmente escolhidos e traduzidos por Augusto de Campos e publicados em *Paul Valéry: a serpente e o pensar*, São Paulo, Brasiliense, 1984.)

"Poesia e abstração em Paul Valéry", o quarto texto desta coletânea, é a parte analítica de um ensaio mais amplo, intitulado *Leitura, ensino e crítica da literatura*, que foi, inicialmente uma conferência pronunciada em Congresso de Letras Modernas na Faculdade de Assis, em São Paulo, e depois publicada em livro-homenagem ao Professor Segismundo Spina, *Para Segismundo Spina: Língua, Filologia e Literatura*, São Paulo, Fapesp/Edusp/Iluminuras, 1995, posteriormente incluído no livro *A biblioteca imaginária*, São Paulo, Ateliê Editorial, 1996, com segunda edição em 2003.

Trata-se da leitura de três poemas de Paul Valéry, *La dormeuse, Les pas* e *La ceinture*, datados de 1920, 1921 e 1922, respectivamente, e coletados pelo poeta no já citado volume *Charmes*, de 1922. Os dois primeiros com traduções para o português de Augusto de Campos e Guilherme de Almeida e o terceiro ainda sem tradução.

O mais amplo objetivo deste texto está dado em seu parágrafo inicial:

> *Transformado pelo poeta, o leitor faz da experiência de leitura um processo de concretização daquilo que, no poema, era abstração da linguagem.*

Os três poemas lidos são exemplares no sentido de fazer vislumbrar tal esforço de concretização levado a cabo pela própria composição poética.

São, por assim dizer, fragmentos de um poema de pensamento com o qual, desde os seus inícios, ali nos textos sobre Poe, sobre Leonardo da Vinci ou sobre Mallarmé, Valéry jamais deixou de se inquietar e almejar, e do qual faria um motivo ensaístico no complexo texto *Poésie et pensée abstraite*, de 1939.

O poema, cada um dos três poemas lidos neste texto da coletânea, é parte de uma linguagem da poesia que, pela abstração própria da linguagem, busca a passagem da experiência do poeta, daquilo que o próprio Valéry chamava de *estado poético*. Ou, como é dito no texto agora coletado,

> *(...) a linguagem do poema passa a ser uma abstração da linguagem da poesia para que, nos intervalos, o leitor possa ler o concreto da experiência.*

É claro que, em cada um dos textos, tem-se uma modulação diversa de experiência, embora todos eles articulem o motivo maior da sensualidade que se pode dar pela contemplação de uma forma, como está no primeiro, ou pela musicalidade aliterativa do segundo, ou mesmo pela exigência de um movimento temporal do leitor que parece romper com as sombras e os silêncios que envolvem a presença muito física da mulher semi-desnuda, como está no terceiro.

O que reúne os textos é, entretanto, a concretização realizada pelo poema, a sua experiência concreta pelo leitor, daquilo que, enquanto *estado poético*, não é senão abstração da linguagem.

Lidos assim, os três poemas, produtos de uma fase de grande maturidade na obra do poeta — aquela da organização de *Charmes* — parecem, de fato exemplificar a rede teórica tecida no ensaio de 1939, já mencionado, e que resumia tópicos essenciais e recorrentes da teoria da poesia e do poema em Paul Valéry.

Já o quinto texto desta coletânea, "Paul Valéry e a comédia intelectual", publicado no Caderno "Mais!" da *Folha de S. Paulo*, de 1995, com o título de *Variações sobre Paul Valéry*, número em homenagem aos cinqüenta anos da morte do poeta, e depois incluído em *A biblioteca imaginária*, com o título atual, tem um caráter, por assim dizer, mais jornalístico, procurando oferecer ao leitor de jornal uma ampla visão do poeta, enfatizando sempre aquilo que parece ter sido a grande marca de Valéry, isto é, a íntima vinculação entre a realização poética e uma intensa consciência crítica.

Começando por aquilo que, no jornalismo, chama-se de gancho, ou *motivo que dá ensejo à publicação de uma matéria*, conforme o *Aurélio*, que, no caso, vem a ser a publicação integral do texto dos *Cahiers*, a partir de 1987, o ensaio vai, aos poucos, discutindo o aparecimento e o desenvolvimento, no pensamento e na obra de Valéry, do conceito de *comédia intelectual*, um conceito que acompanha o poeta desde os seus textos iniciais sobre Leonardo da Vinci, sobretudo *Note e digression*, de 1919, que complementava a *Introdução*, de 1895, até a elaboração dos dois fragmentos que compõem o *Mon Faust* dos anos 40, às vésperas de sua morte em 1945.

Mas é nas anotações diárias para os famosos *Cahiers* que o conceito aparece com grande freqüência, atravessando considerações sobre autores que ia lendo ou sobre os mais variados temas que são a riqueza daquelas anotações e, por isso, o ensaio aqui coletado vai também colhendo, onde pode, indicações para a compreensão do conceito e de sua ampliação na obra de Valéry, sem preocupação de ordem didática ou diacrônica.

Assim, por exemplo, uma obra que Valéry começa a escrever e a perseguir na mesma época em que inicia as suas notas para os *Cahiers*, isto é, *La Soirée avec Monsieur Teste*, de 1896, e os textos que vão compondo aquilo que ele mesmo chamará depois de *Cycle Teste*, era, sem dúvida, muito representativa daquilo que chamava de *comédia intelectual* e é, por isso, que, numa anotação de um dos *Cahiers*, ele vai associar o seu *Fausto* a *Teste*, articulando-os sob a mesma ótica da *comédia*, como se pode ver em texto que faz parte do ensaio sobre *Mon Faust*, o último desta coletânea.

Enfim, este quinto texto da coletânea buscava, sobretudo, dar do poeta uma visão mais abrangente do intelectual que ele foi, vivendo um momento de intensas convulsões políticas e sociais.

Por isso, o ensaio se encerra com a afirmação de sua complexidade não apenas enquanto poeta, mas como personagem daquela *comédia intelectual* por ele mesmo acalentada. Eis o trecho final do ensaio:

> *Entre o "bárbaro", para quem a poesia podia ter uma função pragmática que a afastava dos horizontes ideais da "pureza" e do absoluto, e o "esportista" do futuro, jogando com a seriedade das regras estritas da linguagem, Valéry manteve a postura levemente dramática, levemente cômica, de quem se sabia contraditório.* (Aqui são utilizados os termos do excelente ensaio de Roger Shattuck, "Paul Valéry: Sportsman and Barbarian", do livro *The Innocent Eye*, em que o ensaísta reflete sobre as contradições entre o autor "difícil", às voltas com a *pureza* como horizonte de ideal de atividade, e o escritor que afirmava que *no futuro, o papel da literatura será próximo ao de um esporte.*) (...) *Um autor que, vindo do século XIX, nascendo no momento mesmo da Guerra Franco-Prussiana, vivendo as duas Guerras Mundiais do século XX, projeta-se, como já observou Italo Calvino, para o pórtico do próximo milênio. Quando, quem sabe, será um capítulo decisivo daquela tão sonhada Comédia Intelectual a escrever.*

O sexto ensaio, "Variações sobre Eupalinos", foi escrito, como posfácio, para a edição, no Rio de Janeiro, pela Editora 34 Letras, da tradução brasileira, por Olga Reggiani, do diálogo de Paul Valéry, em 1995, e depois incluído em *A biblioteca imaginária*.

Como está explícito em seu título, o texto é mesmo uma série de observações em torno do diálogo de Valéry, sua estrita composição e publicação em revista de arquitetura (em que até mesmo o número de letras era previamente determinado pelos editores da publicação), sua recepção em língua inglesa através de um dos mais importantes poetas americanos do século, Wallace Stevens, e, sobretudo, a insinuação, seguida de algumas comprovações textuais, de que Eupalinos, a partir de caracterizações de ordem interna e que impregnam as sua falas, seria mais uma daquelas personagens da famosa *Comédia Intelectual* que Paul Valéry foi espargindo em toda a sua obra.

Finalmente, a importância maior do diálogo, a aproximação rigorosa de Valéry a uma das linguagens artísticas com quem sempre manteve intenso diálogo enquanto poeta, a da arquitetura, é ressaltada de modo detalhado nas observações minuciosas de frases e reflexões que vão compondo o espaço ocupado por Eupalinos e sua arte, assim como a imagem que resulta de sua apreciação e entendimento pelos personagens centrais de Sócrates e Fedro que são, ao mesmo tempo, dada a dialética assumida pelo texto, o anti-Sócrates e o anti-Fedro daquela região de mortos em que existem como sombras e realidades.

Por isso, o ensaio não deixa de acentuar a mestria com que Valéry cria, por meio de uma linguagem de grande beleza e nitidez, a atmosfera que se insinua pela fina fímbria do sonho e da fantasia quase fantasmagórica.

Também publicado originalmente como posfácio, em Paul Valéry, *Monsieur Teste*, tradução de Cristina Murachco, editado pela Ática, em 1997, e posteriormente coletado no volume de ensaios *Entre livros*, é o sétimo texto desta coletânea, "Paul Valéry e a tradução de Monsieur Teste", cuja composição é realizada em duas diferentes partes: uma primeira, mais geral, em que se trata de aproveitar a ocasião para discutir o problema da tradução literária conforme ela foi pensada pelo poeta, sobretudo no prefácio que escreveu para a sua tradução das *Bucólicas*, de Virgílio e, uma segunda parte, em que se trata de fazer uma leitura específica da obra posfaciada, levando-se em conta o projeto valériano mais amplo de realizar, a partir da *Soirée avec Monsieur Teste*, o que se veio a chamar de *Ciclo Teste*.

Mais uma vez, e se visto em sua totalidade, o *Ciclo*, e não somente o personagem de Edmond Teste, seria um capítulo importante da *Comédia Intelectual*.

A célebre frase com que abre o volume (e o *Ciclo*) — *A tolice não é meu forte* — é o diapasão com que Edmond Teste mede a si mesmo e às suas circunstâncias, percebendo-se a todo momento como fraturado entre a rotina de uma existência convulsionada pelos sentidos e pelos protocolos culturais e uma inteligência agudizada pela leitura que faz nas dobras daquela, sem que se afaste, sequer um segundo, da consciência sofrida de tomar parte, simultaneamente, de ambas.

É precisamente essa existência anfíbia, quase como uma condenação ao saber e ao saber-se criatura, e não criador, algo que, de fato, permitiria, mais tarde, pensar na relação mais essencial entre ele e o personagem do *Fausto* de Valéry, que o transforma em personagem possível da hipotética *Comédia Intelectual*.

O penúltimo texto da coletânea, "Os cadernos de Paul Valéry", foi inicialmente um artigo publicado, em 1998, na revista *Cult*, e depois incluído no livro *Alguma crítica*, de 2002. O motivo do texto era a publicação do sexto volume dos *Cahiers*, em 1997, como parte da edição integral da obra pela Gallimard.

Girando em torno da pergunta *Como definir os* Cahiers *de Paul Valéry?*, que se repete no texto, o ensaio visa, sobretudo, por entre a multiplicidade de significações possíveis de uma escrita ampla e onívora, que são os *Cahiers*, buscar aquilo que os distingue de outras escritas íntimas, como os diários, afirmando-se como instantes cruciais de uma procura incessante entre o *ego* e o *ego scriptor*, rubricas fundamentais da obra.

Por outro lado, envolvendo também uma descrição, por assim dizer, didática de sua composição e divulgação, desde a edição fac-similar, em vinte e nove volumes, pelo CNRS até a edição, nos anos 70, de uma antologia comercial e vindo até ao projeto da edição integral pela Gallimard, ainda em curso, o ensaio pretende, através de alguns exemplos localizados, apontar para a importância da escrita dos *Cahiers* como experimentos de Valéry com as possibilidades e limites da linguagem poder significar aquilo que está nos intervalos entre pensamento e concretização poética, fazendo com que os *Cahiers* tenham terminado por funcionar como momentos de preparação para aquilo que se transformou posteriormente em textos críticos, como os que compõem os cinco volumes de *Variété*, ou mesmo os poemas de *Album de vers anciens* ou de *Charmes*.

Mas a resposta conclusiva sobre os *Cahiers*, a sua definição procurada pelo texto, parece estar na afirmação final de que se trata de um projeto de obra original.

Daí o final do ensaio agora coletado:

> *Como definir os Cahiers de Paul Valéry?*
> *Pensando-os como parte daquele mosaico de obras do século XX, para as quais, como queria Joyce para a sua, será indispensável a insônia de um leitor do século que se anuncia.*

Finalmente, o último texto da presente coletânea, "O Fausto de Paul Valéry", é o prefácio escrito para a edição, pela Editora Iluminuras, e em tradução de Lídia Fachin e Sílvia Maria Azevedo, dos dois fragmentos, *Lust* e *Le Solitaire*, que constituem o projetado *Mon Faust*, de Paul Valéry, e que, juntamente com algumas páginas dos *Cahiers*, a tradução das *Bucólicas*, de Virgílio, o término do poema *L'Ange* e a conferência sobre Voltaire, é parte daquilo que escreveu na última década de sua existência.

Sendo uma leitura que se pretende pormenorizada de cada um dos fragmentos, o ensaio busca, de modo mais geral, vê-los como constituintes do projeto mais largo do poeta, no sentido de impregnar a sua escrita de tensões resultantes entre a escrita poética e as reflexões sobre a própria historicidade da literatura que se revela, sobretudo, pela leitura do mito do Fausto tal como herdado da tradição.

Neste sentido, o possessivo do título do conjunto tem um viés interpretativo, o que implica em deixar passar, no texto, obsessões e contradições do próprio Valéry, operando convergências com relação à sua obra anterior (caso da sutura Teste/Fausto) ou deixando vislumbrar afirmações de cunho ideológico ou filosófico (caso do reiterado niilismo do poeta).

Enfim, não me parece ser por acaso que este pequeno livro se encerre com a leitura do *Mon Faust*.

Na verdade, a sua estrutura aponta, creio, para o revezamento de aproximações sincrônicas e diacrônicas à obra de Valéry, numa espécie de mimese do próprio leitor dos textos do poeta, que se aproximou deles e os leu em diferentes momentos de sua existência de leitor.

Em uns, buscando se limitar à literariedade e aos movimentos de organização interna; em outros, abrindo o ângulo de percepção para aqueles aspectos históricos, biográficos e circunstanciais que são o sal da leitura, sem o que corre-se o risco de, por secura e ausência de seiva, quebrar-se o fino e delicado galho do organismo poético.

Tinha razão Valéry:

> *En vérité, il n'est pas de théorie qui ne soit un fragment, soigneusement préparé, de quelque autobiographie* (na verdade, não há teoria que não seja um fragmento, cuidadosamente preparado, de alguma autobiografia).

MALLARMÉ SEGUNDO VALÉRY

Em primeiro lugar, trata-se de discutir o acervo teórico que é possível reunir a partir das páginas escritas por Paul Valéry acerca de Stéphane Mallarmé, tomando-se como perspectiva fundamental o fato de o primeiro poeta ter sido um continuador teórico do segundo e, em seguida, verificar a imagem que de Mallarmé é possível obter partindo-se dos textos de Valéry.

No primeiro caso, o desdobramento natural é levantar a questão de uma permanência teórica nos escritos de um autor preocupado essencialmente com os mecanismos da criação poética (Valéry) mas cuja prática da poesia é, por assim dizer, ultrapassada na radicalização proposta pelo "Mestre" (Mallarmé).

No segundo caso, o interesse está centrado no exame da linguagem utilizada por Valéry no sentido de fixar uma imagem de Mallarmé em que ficava necessariamente de fora aquela radicalização referida, ou apenas abordada na perspectiva de um devotamento à Arte, o que é capaz de indicar a razão essencial do ajustamento de Valéry a uma linguagem de época: a continuidade de uma tradição secular de poesia que somente na esfera do ensaio sofria uma contestação básica.

Desta maneira, as duas linhas de reflexão são interceptadas pela preocupação central de saber até que ponto, pela análise dos escritos de Valéry sobre Mallarmé, é possível extrair a explicação para um fato que tem chamado a atenção de todos os que se interessam pela obra de um ou outro autor: enquanto, no ensaio sobre poesia, Valéry opera uma extraordinária racionalização das experiências mallarmeanas em curso, na prática da poesia parece não fazer senão continuar uma tradição.

Na verdade, hoje parece indiscutível o fato de que em nenhum dos livros de poemas de Valéry (seja o *Album de vers anciens*, seja *Charmes*, seja mesmo o poema-livro *La jeune parque*) encontra-se a ruptura para com o passado poético que é possível discernir num texto como *Un coup de dés*, para não mencionar o projeto de *Le livre*. Por outro lado, todavia, onde, na prosa de Mallarmé, há algo que se possa igualar a alguns dos textos de *Variété*? Levar isto à conta de uma natural inclinação para a poesia ou para a prosa seria insistir numa diferenciação de gêneros injustificada. E ainda que isto fosse razoável, pouco explicaria.

Na realidade, a boa ou má realização na prosa ou na poesia é um fato *a posteriori*, decorrendo antes de uma opção essencial: enquanto Valéry parece ter escolhido o partido da lucidez e da inteligência[1], Mallarmé não escolheu senão o da linguagem, o da experimentação sobre a linguagem — única via radical para quem se decide pela *fabrication* de objetos poéticos[2].

Por outro lado, ao mesmo tempo que Valéry acabou por tecer em torno de si mesmo a imagem de um *símbolo perfeito da Europa*, para usar das expressões de Victoria Ocampo[3], Mallarmé, morrendo em 1898, não deixou senão a marca de um projeto não concluído, um ambicioso e derrotado programa que, por si mesmo, sabia voltado ao *insucesso*.

A questão fundamental está em saber até que ponto, e de que modo, o *insucesso* de Mallarmé foi percebido por Valéry ou, dizendo de outra maneira, de que forma Valéry, constituindo-se numa espécie de porta-voz das mais íntimas reminiscências do "Mestre", racionalizou as suas experimentações nos textos de caráter pessoal que sobre ele escreveu.

Na distância compreendida entre ser *símbolo perfeito da Europa* e incluir em suas reflexões o sentido da destruição e do *insucesso* de um projeto poético, não estará toda a problemática suscitada pelas aproximações de Valéry a Mallarmé?

> *Isto, todavia, não parece ser tudo o que se pode explorar da análise dos textos de Valéry.*

---

[1] Cf. T.S. Eliot, "Leçon de Valéry" em T.S. Eliot, André Gide, Roger Caillois et alli. *Paul Valéry vivant*, *Cahiers du Sud* (Marseille), 1946, p. 75: *Penso que a impressão predominante que se recebia de Valéry era de inteligência.*

[2] Não há dúvida de que, assim como está impressa, parece ser uma divisão por demais rigorosa: o que se procura acentuar, todavia, é o teor de opção que prevalece e não um exclusivismo que, afinal, não teria sentido.

[3] V. Ocampo. "Valéry parfait symbole de l'Europe" em *Paul Valéry vivant*, op. cit., pp. 89-94.

A partir de uma investigação montada na interrogante anterior é possível também instaurar um tipo de reflexão capaz de fornecer elementos para a própria caracterização do autor de Le cimetière marin.

De fato, a idéia do trabalho do poeta como uma empresa destrutiva e, por isso mesmo, suicida, não estava fora das cogitações de Paul Valéry: o seu prolongado silêncio antes de *La jeune parque*, o sentido fragmentário que imprimiu a alguns de seus textos em prosa e o próprio teor de seu niilismo *europeu*, são demonstrações inequívocas de uma desconfiança fundamental com relação à inteligência, à lucidez, como bases da criação poética. E T.S. Eliot, no texto-homenagem que escreveu sobre o poeta francês, chegou a indicar este fato da maneira mais direta, afirmando:

Seu espírito era, creio, profundamente destruidor — e mesmo niilista[4].

Sendo assim, a imagem posterior de um Valéry exemplar de onde se pudesse mesmo extrair uma *lição* européia, segundo as linhas essenciais do texto de T.S. Eliot, sofre a contrapartida de um outro Valéry, desconfiado da herança simbolista, recusando as facilidades sonoras ou somente as aceitando à medida que fossem crivadas por uma incessante reflexão que, nos seus limites, não poderia ser senão destruidora.

O que é notável, contudo, não é apenas, como observou Eliot, que uma organização mental como a sua ainda fosse capaz de levar adiante a realização poética, *graças a um heroísmo desesperado que é um triunfo do caráter*[5]. O notável é que a reflexão destruidora e cética se conservasse nos limites da discussão teórica e que não se incluísse operacionalmente na manipulação do próprio fazer poético. Sem que, com isto, se pretenda negar toda a contribuição de Valéry para a ampliação das fronteiras do verso francês, o que se afirma é que, não obstante se incluir na primeira fila daqueles escritores que, entre a segunda metade do século XIX e primeiros

---

[4] Eliot, art. cit., p. 77.
[5] Idem, p. cit.

anos do XX, questionaram a própria Literatura, os textos criativos de Valéry se conservam numa linha de fronteira com referência à tradição.

Neste sentido, quando Eliot fala de *heroísmo desesperado* a fim de explicar o *sucesso* valéryano deixa ver bem claro, ainda que não o explicitasse, o problema básico oferecido por um escritor dividido entre a consciência de uma aniquilação da Literatura, desde que submetida a um processo auto-reflexivo, e o esforço em se fazer continuador de uma herança literária que, como não poderia deixar de ser, terminava por ser a negação daquela consciência. É somente nesta trilha de reflexão que parece razoável a caracterização de Valéry como *símbolo perfeito da Europa*. De uma Europa, acrescente-se, violentamente dividida pelas aspirações nacionais que iriam dar na Segunda Guerra Mundial. E Valéry, morrendo no mesmo ano em que o armistício foi estabelecido, pareceu a seus contemporâneos também encerrar uma época. Mas a sua obra, como aquela época que ele tão bem parecia ter representado, estava completa e acabada. Transformava-se, agora que terminara, numa *lição*. E isto não deixava de ser irônico para com o autor que escrevera que *um poema sobre o papel não é senão uma escritura submetida a tudo o que se pode fazer de uma escritura*[6]. Os seus poemas, vistos agora como projeto *sucedido*, eram apreendidos como *lição* para além do espaço escritural.

Desde que o espaço do poema é o próprio poema, na verdade a sua *lição* está para além deste espaço: está naquilo que Eliot configurou como a vitória sobre a *agonia da criação (the agony of creation) a fim de levar o poema "à sua perfeição"*[7]. E esta *agonia* está antes no ensaísta que examinava, sob a mais rigorosa inteligência, os mecanismos da poesia, os desvãos da criatividade e do símbolo, do que no escritor que *terminava* o seu objeto, o poema, impregnando-o de um significado que buscava a perfeição, a *realização*. Não é que o texto criativo não incluísse a problemática da composição ou do *fazer*: o poema *Le cimetière marin* é disto um exemplo.

Os dois primeiros versos da última estrofe *(Le vent se lève!... Il faut tenter de vivre! / L'air immense ouvre et referme mon livre,)* propõem os limites

---

[6] Valéry. "Première Leçon du Cours de Poétique", *Oeuvres* 1 (Bibliothèque de La Pléiade), Paris, Gallimard, NRF, 1957, p. 1349. Todas as citações seguintes de Paul Valéry são extraídas desta edição de suas obras.

[7] Eliot, art. cit., p. cit.

da escolha pela Literatura e são equivalentes àqueles que se encontram no poema *Brise marine* de Mallarmé: *La chair est triste, hélas! et j'ai lu tous les livres.* O fato é que esta inclusão não envolvia uma ruptura para com a linguagem. Para dizer tudo: não se transformava em crítica da própria linguagem. Como o próprio Valéry esclareceu depois, o poema lhe surgiu, em suas obscuras origens, como problema rítmico intimamente vinculado à tradição da poesia francesa:

> *Meu poema "Le cimetière marin", diz ele, começou em mim por um certo ritmo que é aquele do verso francês de dez sílabas com cesura na quarta e na sexta. Eu não tinha ainda nenhuma idéia que devesse preencher esta forma. Pouco a pouco as palavras flutuantes fixaram-se, determinando por aproximação o assunto, e o trabalho (um trabalho muito longo) se impôs[8].*

Desta maneira, embora dando sempre mostras de uma extraordinária lucidez, a obra criativa de Valéry, por assim dizer, integrava as suas preocupações teóricas no nível da *possibilidade* de realização (o seu ajuste, por exemplo, para com a tradição do verso francês, uma dicção que, ampliando aquela tradição, comprometesse a *existência* do poema, etc.), sem que jamais houvesse colocado em xeque a própria linguagem de que se utilizava, isto é, a linguagem da poesia e do verso. É, talvez, por isso mesmo, que a sua atividade criativa antes se coloca no limiar de uma nova época, sendo o término de um projeto literário que ele próprio, enquanto teórico da Literatura, problematizava, do que no futuro das inovações e dos riscos. O poeta-Valéry terminou a sua obra, todos os seus poemas, e guardou para o teórico-Valéry as incertezas do significado da Literatura e da linguagem que a veicula.

De fato, se hoje se examina aquilo que deve ser considerado o ponto de saturação máxima de uma tradição literária tipicamente ocidental, a partir do Romantismo, não é difícil se chegar à conclusão de que o que conta — enquanto demonstrações de um desvencilhar-se da rotina e do encarceramento, esclerosante do significado — é a obra

---

[8] Valéry. "Poésie et Pensée Abstraite", *Oeuvres* 1, op. cit., p. 1338.

que se tenha proposto uma crítica implícita, operativa, de seu próprio instrumental.

> *Por assim dizer, o horizonte da literatura moderna encontra-se antes situado na linha da impossibilidade de continuar produzindo objetos literários do que no esforço, ainda que inteligente e lúcido, como em Paul Valéry, de descortinar uma possibilidade de incorporação do passado.*

Por tudo isso, pôde Maurice Blanchot, em texto no qual se indagava pelo destino da Literatura, responder à pergunta *para onde vai a Literatura?* com a resposta de que ela marcha para si mesma, isto é, como diz o autor, *para a sua essência que é o desaparecimento*[9].

Deste modo, o que se continua ainda hoje a chamar pelo nome já um tanto equívoco de literatura é muito mais o que se realiza (se faz) sob o signo de um *échec* do que sob o signo de uma *réussite*. E isto advém, sobretudo da desconfiança corrosiva quanto aos valores da própria linguagem enquanto veículo de significações. Ou, para dizer com Octavio Paz:

> *A poesia moderna é inseparável da crítica da linguagem que, por sua vez, é a forma mais radical e virulenta da crítica da realidade.*[10]

Mas é uma crítica que se realiza — como em Mallarmé, como em Joyce — a partir de uma contestação no nível da própria construção poética, condenando-se o escritor ao silêncio ou ao *fracasso* de uma comunicação que já não faz sentido, seja realizada através de objetos verbais dirigidos para uma descoberta bem mais essencial do que a da resposta diante de um estímulo.

Na verdade, a poesia moderna deixou de *comunicar* porque problematizou os valores do significado e fez do significante o resíduo final e último de experiências a serem projetadas por meio da arquitetura verbal.

---

[9] Blanchot. "Où va la Littérature" em *La Nouvelle Revue Française*, n. 7, (Paris), jul. 1953, p. 98.

[10] Cf. Octavio Paz. "¿Qué nombra la Poesia?" em *Corriente Alterna*, México, Siglo Veintiuno, 1967, p. S.

Às palavras não deixaram de dar atenção os poetas do passado — o que lhes faltou, e o que, às vezes, é perigosamente hipertrofiado pelos modernos, é a suspeita com relação ao significado. É o que se lê, por exemplo, no texto de Octavio Paz:

> Os poetas antigos não eram menos sensíveis ao valor das palavras que os modernos; em troca eram quanto ao do significado. O hermetismo de Góngora não implica uma crítica do sentido; o de Mallarmé ou o de Joyce é, antes de tudo, uma crítica e, às vezes, uma anulação do significado.[11]

Na realidade, quando, no fim do século XIX, Mallarmé abandonava o conforto de uma obra realizada segundo as melhores regras do *Parnasse* e se lançava ao desafio e ao *desastre* de *Un coup de dés*, o que se punha em xeque não era somente a tradição do verso mas a própria significação da poesia enquanto objeto de linguagem — violentamente destituído de sua sacralidade. Fazia-se do *insucesso* (com relação à linguagem) *o modus operandi* da realização textual, desde que a espacialização dos signos lingüísticos era uma espécie de *reductio ad absurdum* de suas próprias limitações tradicionais. O sentido não-figurativo (discursivo) com que Mallarmé procurou radicalizar as funções da linguagem corrente da poesia, por outro lado, mais do que uma crítica dos valores significantes importava na destruição da figura (sentido) do discurso enquanto resíduo essencial da comunicação poética. Da mesma maneira, o projeto de *Le livre*, reduzindo a zero a significação por força de uma *abertura* total, mais do que a construção de *uma máquina para ler* era a anulação absoluta da discursividade unissignificante[12].

Em qualquer caso, a opção feita por Mallarmé não era outra senão a do *échec* com relação às possibilidades de audiência por parte de um público-leitor prazerosamente ajustado ao sistema parnasiano-simbolista finissecular.

Na verdade, desde os seus inícios, o texto de Mallarmé propõe a imagem do fracasso, do desastre que, como já observou Maurice Blanchot, estava

---

[11] Cf. Octavio Paz. "¿Qué nombra la Poesia?" em *Corriente Alterna*, op. cit., p. cit.

[12] Cf. Umberto Eco, "Análise da linguagem poética", *Obra Aberta*, São Paulo, Perspectiva, 1968, pp. 67-92.

contido no *Igitur*, na representação da injustiça da morte, *sua falta de precisão, seu chegar demasiado cedo ou demasiado tarde*[13], porque, como diz o próprio poeta, *Un coup de dés / JAMAIS / Quand bien même lancé dans des circonstances / éternelles / du fond d'un naufrage* não suprimirá o acaso, a desordem, a atração para o abismo da morte e da noite sem-razão.

E esta impotência, dirigindo a *fabrication* poética, está inclusa como *fracasso* nas mais recônditas dobras da linguagem, de sua destinação entrópica.

A sua direção, por isso, é mesmo o reverso de uma marcha para algum lugar ou alguma coisa — mastro que se rompe por força das rudes vagas da impossibilidade de impor o domínio da consciência sobre os obscuros recursos de que se vale a linguagem.

Por isso, a sua obra, *se é que se pode chamar obra a uns tantos signos sobre umas tantas páginas, restos de uma viagem e de um naufrágio sem paralelo*[14], como diz com beleza Octavio Paz, é antes um projeto *contra* do que *de* linguagem.

Quer dizer: embora no prefácio que escreveu para *Un coup de dés* afirme que esta última feição de sua obra seja *um "estado" que não rompe em nada com a tradição*[15], na verdade a utilização poética dos recursos tipográficos e a tentativa de fazer desaparecer o *récit* parecem indicar claramente a opção pela ultrapassagem da linguagem convencional da poesia.

On évite le récit[16], diz em determinada altura do prefácio. De fato, como se vê, é o projeto de abolir, com o auxílio da espacialização, de *uma visão simultânea da Página*[17], a discursividade, o figurativismo poético.

Assim como, por exemplo, um Mondrian aplica-se em *destruir* a pintura pela redução de seus elementos a uma essencialidade visual, assim Mallarmé, partindo de uma congeminação radical entre a poesia e a música, pretende uma *partitura* em que todos os elementos tradicionais do verso sejam, por assim dizer, contaminados pela impureza da composição.

---

[13] Cf. Maurice Blanchot, "La Obra y el Espacio de la Muerte", *El Espacio Literario*, Vicky Palant e Jorge Jinkis (trads.). Buenos Aires, Paidós, 1969, p. 107.

[14] Cf. Octavio Paz. "¿Qué nombra la Poesia?" em *Corriente Alterna*, op. cit., p. 6.

[15] Stéphane Mallarmé, *Oeuvres Complètes* (Bibliothèque de la Pléiade), Paris, Gallimard, NRF 1956, p. 456. Todas as citações seguintes de Mallarmé são extraídas desta edição.

[16] Ibidem, p. 455.

[17] Idem, ibidem.

É, mais uma vez, uma crítica da linguagem do verso que se realiza a partir de sua própria manipulação e que incide, do modo mais vigoroso, sobre a esfera da significação.

Aliás, o prefácio de Mallarmé é curioso pelo que entremostra de hesitação com referência ao poema que por então publicava na revista *Cosmopolis*: confessando um culto pelo *antigo verso* e afirmando deixá-lo intacto, o meio de que se utilizava para a composição vinha, na realidade, destruí-lo, ao hipertrofiar as suas possibilidades.

É neste sentido, portanto, que se pode afirmar ser antes uma obra *contra* do que *de* linguagem: um objeto que, ao ilimitar os valores correntes da linguagem poética, termina por assumir a destruição como ponto de partida para uma reflexão sobre a impotência e o fracasso da linguagem ou da poesia, *unique source*, como diz ao final do prefácio.

Por isso mesmo, aquilo que dissera na dedicatória de *Igitur* poderia ser repetido, de forma ainda mais adequada, para *Un coup de dés*: um texto que *se dirige à inteligência do leitor que põe as coisas em cena, ela própria*.

E que leitor, ou inteligência, estaria melhor indicado para aceitar o desafio do que Paul Valéry?

É o que, através dos textos que serão analisados em seguida, procurar-se-á verificar.

II

Sem levar em conta as numerosas referências a Mallarmé dispersas em sua obra, Paul Valéry escreveu essencialmente nove textos sobre o poeta a quem sempre se referia como o "Mestre": *Stéphane Mallarmé, Le coup de dés, Dernière visite à Mallarmé, Lettre sur Mallarmé, Je disais quelquefois à Stéphane Mallarmé, Sur Mallarmé, Stéphane Mallarmé, Sorte de préface* e *Mallarmé*. Na verdade, este número poderia ser acrescido de, pelo menos, mais um texto fundamental, *Existence du Symbolisme*, onde, embora abordando um tema de ordem geral, a presença de Mallarmé é dominante.

Todos estes textos, inclusive aquele ensaio, foram reunidos, em 1950, no volume publicado pela NRF sob o título de *Écrits divers sur Stéphane*

Mallarmé[18], completadas pela correspondência de Valéry referente ao poeta e pelo poema *Valvins* — sua contribuição à coletânea de versos dedicada a Mallarmé em 1897.

Publicados entre 1920 e 1944, os escritos foram reeditados, profusamente anotados, na edição Pléiade das *Oeuvres* de Valéry em 1957[19].

Quanto ao primeiro texto, *Stéphane Mallarmé* publicado em *Le Gaulois* pela primeira vez, em outubro de 1923, não é mais do que uma página de reminiscência sobre o que se poderia chamar de representação das relações entre o poeta e a sua arte. Suas obsessões, suas buscas mil vezes recomeçadas à caça de uma consciência cada vez mais apurada da própria essência da poesia.

Aquilo que Valéry parece querer fixar primordialmente está dito no seguinte trecho:

> *Ele representava para mim, sob os traços de um homem o mais digno de ser amado por seu caráter e sua graça, a extrema pureza da fé em matéria de poesia. Todos os outros escritores me pareciam junto a ele não terem reconhecido o deus único e se dedicarem à idolatria.*[20]

A partir deste texto, o que se procura mostrar é o caminho percorrido por Mallarmé no sentido de fazer de sua existência uma espécie de consagração exclusiva à pesquisa verbal a fim de, como afirma Valéry, *superar (...) a intuição ingênua em Literatura*[21].

Como conseqüências deste projeto está, de um lado, a tentativa de afastar-se de tudo aquilo que fosse espúrio *à mais pura e mais perfeita beleza*[22] e, por outro, o isolamento do poeta que passa a desprezar e a ser desprezado pelo que Valéry chama de *plus grand nombre*, isto é, *a glória imediata e as vantagens*[23].

---

[18] Paul Valéry, *Écrits divers sur Stéphane Mallarmé*, Paris, Éditions de la NRF, Paris, 1950.

[19] Paul Valéry, *Oeuvres 1* (Bibliotèque de La Pléiade), Paris, Gallimard, NRF, 1957, pp. 619-710. Todas as citações seguintes de Paul Valéry são extraídas desta edição de suas obras.

[20] Ibidem, p. 620.

[21] Idem, ibidem.

[22] Ibidem, p. cit.

[23] Ibidem, p. cit.

*Finalmente, este ponto de vista acerca da trajetória mallarmeana está contido em, pelo menos, dois trechos de extraordinária formulação: A escolha impiedosa devora-lhe os anos, e a palavra **acabar** não tem mais sentido, porque o espírito não acaba nada por si mesmo*[24]*.* (O grifo é do autor.)

E, em seguida:

*Ele não via para o universo outro destino concebível senão o de ser finalmente **expresso***[25]*.* (O grifo é do autor.)

Percebe-se, pelas transcrições, de que modo o *approach* de Valéry, não obstante a fina e arguta percepção dos móveis de uma personalidade que procura sem cessar a mais completa integração com o seu objeto de trabalho, não vai além da descritividade — sem inquirir a respeito dos relacionamentos entre o projeto de Mallarmé e suas conseqüências posteriores que, já na década de vinte, quando Valéry escrevia, se faziam sentir na tradição literária do Ocidente.

Em nenhum momento, por exemplo, chega Valéry a indagar em que medida a obra do poeta apontava para uma crise da Literatura, no sentido em que esta era, por essa mesma época, enfrentada pelo esforço criador de um James Joyce. Na verdade, o *Ulysses* é de um ano antes (1922) e sua publicação vinha indicar a impossibilidade de um *récit* na prosa segundo os moldes pelos quais tinha sido praticada até então.

Quando se diz, portanto, que o texto de Valéry não vai além da descritividade o que se quer afirmar é o fato de se ter limitado à descrição do impulso e do método de trabalho de Mallarmé enquanto problema de psicologia puramente individual de um escritor que atuava na última década do século XIX.

No que se refere ao segundo texto — *Le coup de dés* — trata-se de uma carta ao diretor da revista *Les Marges*, publicada em fevereiro de 1920.

---

[24] Paul Valéry, *Oeuvres* 1, op. cit., p. 622.
[25] Ibidem, p. cit.

Opondo-se à representação teatral do poema, Valéry, em seu texto, considera, através de suas reminiscências, os verdadeiros motivos que teriam levado Mallarmé à composição de *Un coup de dés*.

Deste modo, inicia por referir o seu primeiro contacto com a obra através da leitura do próprio autor e de sua montagem espacial:

> *Pareceu-me, diz ele, ver a figura de um pensamento, pela primeira vez colocada em nosso espaço...*[26]

E, em seguida, num trecho de grande emotividade, revela o seu espanto diante da obra, afirmando:

> *O conjunto me fascinava como se uma constelação nova tivesse surgido no céu; como se uma constelação tivesse aparecido e que enfim significasse alguma coisa. Não assistia eu a um acontecimento de ordem universal que me era representado sobre esta mesa, neste instante, por este ser, este audacioso, este homem tão simples, tão doce, tão naturalmente nobre e elegante?...*[27]

E, logo depois, tratando das intenções de Mallarmé ao realizar o poema, procura resumi-las da seguinte maneira:

> *Ele sonhava com um **instrumento espiritual** para a expressão das coisas do intelecto e da imaginação abstrata*[28]. (Os grifos são do autor.)

Neste sentido, não via como fosse possível separar a escritura do poema de sua disposição gráfica, anotando, com acuidade, a interdependência das duas operações na mente de Mallarmé:

> *Não creio que seja necessário considerar a composição do* Coup de dés *como efetuada em duas operações sucessivas: uma consistindo em escrever um poema à maneira comum, quer dizer, independentemente*

---

[26] Paul Valéry, *Oeuvres* 1, op. cit., p. 624.
[27] Ibidem, p. cit.
[28] Ibidem, p. 626.

de toda figura e das amplitudes espaciais: a outra que daria a este texto definitivamente acabado a disposição conveniente. A tentativa de Mallarmé deve necessariamente ser mais profunda. Ela se coloca no momento da composição, ela é um modo da concepção. Ela não se reduz a ajustar uma harmonia visual a uma melodia intelectual preexistente; mas ela exige uma extrema, precisa e sutil posse de si mesmo, conquistada por um treino particular, que permite conduzir, desde uma certa origem até certo fim, a unidade complexa e momentânea de distintas "partes da alma".[29]

Sendo assim, embora repleto de anotações soberbas quanto aos desígnios do poeta quando da composição de *Un coup de dés*, o texto de Valéry, mais uma vez, parece apenas insistir na análise das disposições psicológicas do autor, seu ascetismo com relação à audiência possível, suas hesitações quanto à normalidade do empreendimento (*Não acha você que é um ato de demência?*[30] lhe teria perguntado Mallarmé), a certeza de estar operando no sentido de alargar as possibilidades de uma poética pela inclusão da tipografia e da música como elementos da obra (*Toda a sua invenção, originada de análises da linguagem, do livro, da música, realizadas durante anos, funda-se sobre a consideração da página, unidade visual*[31]).

Novamente, por entre os argumentos de ordem interpretativa, o problema da radicalidade proposto pela experiência do "Mestre" é, por assim dizer, tangenciado por Valéry, chegando ele próprio a admitir, ainda que a contragosto, a possibilidade de que a última obra mallarmeana seja considerada um caso de *patologia mental*:

É permitido recusá-la, rir dela; invocar a patologia mental. Tudo isso é previsto, conhecido ... direi quase: correto.[32]

O texto seguinte, *Dernière visite à Mallarmé* publicado em *Le Gaulois* em outubro de 1923 é, talvez, o que guarda um maior teor autobiográfico.

---

[29] Paul Valéry, *Oeuvres* 1, op. cit., p. 628.
[30] Ibidem, p. 625
[31] Ibidem, p. 626.
[32] Ibidem, p. 628.

Na verdade, é tão-somente uma invocação do último dia em que os dois autores estiveram juntos em Valvins, dois meses antes da morte de Mallarmé.

Todavia, como se refere à época em que o poeta dava os últimos retoques em sua obra mais ambiciosa e final, a fim de entregá-la ao editor Lahure, *o inventor considerava e retocava com lápis esta máquina inteiramente nova que a impressora Lahure tinha aceito construir*[33], como diz Valéry, pelo menos em dois trechos o autor considera a importância do trabalho em curso de Mallarmé.

No primeiro, o essencial é, de novo, a singularidade da empresa a que se voltava o poeta, aspirando a uma construção insólita para o seu meio e para o seu tempo:

Ninguém ainda havia empreendido, nem sonha empreender, dar à figura de um texto uma significação e uma ação comparáveis àquelas do próprio texto.[34] (O grifo é do autor.)

No segundo, embora seja apenas de passagem e tomando em consideração a obra anterior do poeta e não aquela que ele começara a realizar, e da qual Valéry era o primeiro a observar os invulgares resultados, o autor toca num aspecto fundamental: o da reconsideração da própria idéia que se fazia da Literatura a partir da obra de Mallarmé.

... foi-lhe suficiente alguns poemas para pôr em questão o próprio objeto da Literatura.[35]

Infelizmente, entretanto, o texto fica apenas nesta observação, sem que o autor leve adiante a problemática que, a partir de sua afirmação, poderia ser suscitada.

Bem mais interessante, sem dúvida, é o texto seguinte, *Lettre sur Mallarmé*, publicado no número de abril de 1927 da *Revue de Paris* e que

---

[33] Paul Valéry, *Oeuvres* 1, op. cit., p. 632.
[34] Ibidem, p. cit.
[35] Ibidem, p. cit.

foi inicialmente pensado para servir como prefácio a um livro de Jean Royère para quem Valéry escreveu a carta. E é mais interessante desde que, não obstante ser, como o próprio autor reconhece, uma *mélange* de recordações e reflexões, incorpora algumas das suas mais importantes aproximações a Mallarmé — ao seu método, à sua posição nos quadros da poesia francesa dos fins do século XIX.

Os aspectos importantes, para a biografia de ambos os poetas e para a história de suas relações de amizade, já foram tratados pelo incansável biógrafo Henri Mondor[36].

Na verdade, a carta a Royère é rica de subsídios e chega a ser surpreendente o modo pelo qual Valéry aborda o que houve de capital, para a sua formação intelectual, na descoberta da obra de Mallarmé, seus primeiros contactos, uma influência que era absorvida sob um vigilante olhar de quem se sabe submetido por força de uma inteligência que tinha tudo para solicitar a submissão.

> *Sinto bastante, diz Valéry, que não poderia falar dele a fundo sem falar excessivamente de mim mesmo. Sua obra foi para mim, desde o primeiro encontro e para sempre, um tópico de admiração: e desde logo, reconhecido o seu pensamento, um objeto de questões infinitas. Ele representou, sem saber, um papel tão grande em minha história interna, modificou somente por sua existência tantas valorizações em mim, sua ação de presença assegurou-me tantas coisas, confirmou-me tantas coisas; e, além disso, me impediu intimamente tanta coisa que não sei enfim separar aquilo que ele foi daquilo que ele foi para mim.*[37]

Apesar disso, o texto confirma o óbvio: a extrema afinidade entre o projeto perseguido por Mallarmé e as reflexões de Valéry. Por isso mesmo, este podia, desvencilhando-se de uma certa afetividade que era o seu demônio quando escrevia sobre o "Mestre", encontrar os termos exatos para defini-lo.

---

[36] Cf. Henri Mondor, "Le Premier entretien Mallarmé-Valéry" em *Paul Valéry vivant*, op. cit., pp. 49-64.

[37] Paul Valéry, *Oeuvres 1*, op. cit., p. 634.

Assim, por exemplo, ao aproximar as experimentações e o rigor mallarmeanos da tarefa de um cientista:

> ... *um relacionamento que me parecia inevitável entre a construção de uma ciência exata e o projeto, visível em Mallarmé, de reconstituir todo o sistema da poesia através de noções puras e distintas.*[38]

E que *noções* eram estas senão as que resultavam de uma incessante busca por entre os caminhos sempre traiçoeiros da linguagem?

Daí que, para Valéry, um dos pontos essenciais a ser, desde logo, atacado era o da *obscuridade* que, com freqüência, se observava, sempre em tom de recriminação, a respeito do poeta. É o que se lê no trecho seguinte:

> *Sua concepção conduzia-o necessariamente a perceber e a escrever combinações bastante distanciadas daquelas cujo uso comum faz a "clareza," e que o costume torna tão fáceis de compreender sem quase tê-las percebido. A obscuridade que se lhe nota resulta de alguma exigência mantida rigorosamente por ele, mais ou menos como nas ciências acontece que a lógica, a analogia e o cuidado da conseqüência conduzem a representações bem diversas daquelas que a observação imediata nos tornou familiares e até expressões que ultrapassam deliberadamente nosso poder de imaginar.*[39]

Este projeto, todavia, não se fazia realidade sem um enorme esforço no sentido de vencer as suas circunstancialidades: quer aquelas que constituíam o seu provável e difícil público, quer aquelas que marcaram a sua própria formação de escritor solitário — não obstante, sofrendo o influxo de seu tempo e lugar.

> *Seu espírito, diz Valéry, tão solitário e autônomo quanto se fez, recebeu algumas impressões das prestigiosas e fantásticas improvisações*

---

[38] Paul Valéry, *Oeuvres* 1, op. cit., p. 635.
[39] Ibidem, p. 636.

> *de Villiers de l'Isle-Adam e nunca se libertou inteiramente de uma certa metafísica e de um certo misticismo difíceis de serem definidos.*[40]

Por um trabalho de gigantesco controle sobre si mesmo e sobre as suas influências (o Romantismo e Baudelaire são referidos pelo autor), Mallarmé terminou por construir uma obra em que, ao se dobrar sobre si mesma e sobre a linguagem pela qual se fazia presente, tudo não é senão recusa e indicava, portanto, para os limites perigosos entre o silêncio e a realização autodestrutiva, dando das letras, segundo as palavras de Valéry, *uma idéia-limite ou uma idéia-suma de seu valor e de seus poderes*[41].

Ora, isto parece ser o essencial: a caracterização de Mallarmé como aquele poeta que, com uma conseqüência levada aos seus últimos limites, recusou a idéia que por então se fazia da Literatura e, em seu lugar, propôs a reflexão sobre o *échec* nas letras, praticando antes o terreno das impossibilidades do que dos *sucessos* possíveis para um bom artesão como ele.

Ao recusar as possibilidades das letras, Mallarmé, de fato, transformava o problema da realização poética numa questão em que não somente a estética mas ainda a ética tinha a sua vez. Porque, na verdade, não era apenas uma escolha pessoal que se revelava na recusa: toda uma tradição de *facilidades* e *naturalidades* era posta à prova pela imagem que resultava de um artista que fazia da reflexão sobre os seus meios o limite da sua ação.

> *O rigor das recusas, a quantidade das soluções que se rejeitam, as possibilidades que se afastam, manifesta a natureza dos escrúpulos, o grau de consciência, a qualidade do orgulho e, também, os pudores e os diversos temores que se pode sentir com relação aos julgamentos futuros do público.*[42]

Sendo assim, Valéry podia tirar partido teórico de suas reflexões sobre o poeta, fazendo do que chama de *resistência ao fácil* o núcleo fundamental de uma definição valorativa do trabalho poético:

---

[40] Paul Valéry, *Oeuvres* 1, op. cit., p. cit.
[41] Ibidem, p. 642.
[42] Ibidem, p. 641.

O trabalho rigoroso em Literatura, diz ele, se manifesta e se realiza por recusas.[43]

O que, no entanto, é deveras notável no texto de Valéry é o modo pelo qual os seus argumentos estão sempre referidos a uma situação passada das letras francesas.

Neste sentido, a imagem extraída de Mallarmé é antes a de um escritor que rompia com *os próprios modos de sentir e de pensar de seus pais e irmãos em poesia*[44], do que a de um poeta que, fugindo a esses modos, impunha como limite de sua atividade a exigência de uma reconsideração, por assim dizer, *interna* de seus instrumentos de trabalho, abrindo, por isso, o caminho para os impasses futuros.

Isto quer dizer que Mallarmé não trabalhara apenas contra o passado de *facilidades* e *ingenuidades* que ele procurou liquidar em sua obra, mas sim impondo um esquema de criação que, ao desintegrar os elementos da tradição, optava pelo futuro.

E não é apenas o solitário que o texto de Valéry configura: a sua criação se fazia em sintonia com as próprias transformações que, sob a corrente comum das idéias e dos fatos, preparavam o advento do novo século dos Joyce, dos Proust, dos Kafka.

A sua "solidão" é muito mais aquela de quem, como um Stendhal, sabia estar impossibilitado, por força de uma extrema coerência para com a sua obra, de uma comunicação imediata. O seu público, por assim dizer, era forjado pela linguagem de que utilizava: para que existisse era necessário antes aquela dar provas de sua existência.

É este o problema — o das relações possíveis entre Mallarmé e o público — que se coloca no início do texto seguinte, *Je disais quelquefois à Stéphane Mallarmé*, publicado inicialmente como prefácio às *Poésies de Stéphane Mallarmé*, editadas pela Société des Cent Une em 1931. É, talvez, o mais famoso dos nove textos referidos.

---

[43] Paul Valéry, *Oeuvres* 1, op. cit., p. cit.
[44] Ibidem, p. 635.

> *Partindo de algumas reflexões sobre a leitura, Valéry procura ajustar a sua análise do poeta à problemática levantada por um autor que perseguia antes a execução, a construção, do que a comunicação.*

Recusando as facilidades comuns a uma literatura de tipo descritivo, como a romântica, a obra de Mallarmé *afasta tudo aquilo que agrada à maioria*[45].

Nem eloqüência, nem enredo, nem máximas, nem paixões comuns, nem recursos familiares: tudo é submetido a uma intensa procura do essencial, descartando-se o poeta de uma comunicação imediata, sacrificando a receptividade de sua obra a uma ininterrupta investigação interior de seus meios de expressão.

Mas esta atitude não pode passar sem a intuição do efêmero das letras: procurando refletir sem recuo, o exercício da poesia levava Mallarmé à certeza de uma tarefa desempenhada nos limites do razoável, *au plus déraisonnable des jeux*, como afirma Valéry[46].

Por isso, a opção de Mallarmé não podia ser outra: entre a linguagem como sistema transitivo de sinais e a pesquisa de suas relações, por assim dizer, internas, a sua escolha recaía sobre a última. É o que propõe Valéry no seguinte trecho:

> *É preciso escolher: ou reduzir a linguagem à função transitiva de um sistema de sinais; ou suportar que alguns especulem sobre suas propriedades sensíveis, desenvolvendo os efeitos atuais, as combinações formais e musicais (...).*[47]

Por outro lado, todavia, e já num nível ético, esta opção remetia para o problema de uma obra que buscava incorporar o transitório que as transformações sociais e históricas mostravam como característica dos novos tempos que se iniciavam.

Se a obra inicial de Mallarmé dava mostra de um autor convencido de que o progresso na poesia somente poderia ser atingido através de um

---

[45] Paul Valéry, *Oeuvres* 1, op. cit., p. 646.
[46] Ibidem, p. 648.
[47] Ibidem, p. 650.

longo trabalho de anos (*Trinta e poucos anos, ele foi testemunha ou mártir da idéia do perfeito*[48]), a sua última obra, aquela que, na verdade, importa para a sua posteridade, já impunha a noção de uma transitoriedade de realização nas letras que parece ter escapado a Valéry. Não obstante o trecho em que trata, no nível teórico, do problema:

> *As obras que exigem um tempo sem conta e as obras feitas visando aos séculos não são mais projetos de nossos dias. A era do provisório está aberta: não se pode mais construir estes objetos de contemplação que a alma sente inesgotáveis e com os quais ela se pode entreter indefinidamente. O tempo de uma surpresa é nossa presente unidade de tempo.*[49]

Ora, o ensaio de Valéry pertence já à terceira década do século XX: escrevendo sobre Mallarmé, mais uma vez, ele não era capaz de ver o "Mestre" como o autor que, com a sua obra final, abria o caminho para aquilo que, no nível da teoria, era por ele percebido de modo tão lúcido: a imagem mallarmeana é ainda a do chefe do Simbolismo que reduzira a zero pretensões românticas descritivas, consagrando-se a um projeto apenas de *perfeição* durante mais de trinta anos. E isto apesar de caracterizar, de modo certeiro, as relações entre o poeta e a linguagem, como se pode ler no trecho seguinte:

> *Mallarmé compreendeu a linguagem como se ele a tivesse inventado.*[50]

Ou, em outro trecho, tratando das pretensões ambiciosas do poeta:

> *A Poesia, para ele, era sem dúvida o limite comum e impossível a atingir, para a qual tendem todos os poemas e, além disso, todas as artes.*[51]

---

[48] Paul Valéry, *Oeuvres* 1, op. cit., p. 652.
[49] Ibidem, p. cit.
[50] Ibidem, p. 658.
[51] Ibidem, p. 653.

Mallarmé segundo Valéry

O que fica claro, por essas aparentes contradições, é aquilo que procuro afirmar neste ensaio, desde os seus inícios: a tradicionalidade do ensaísta ao propor uma imagem de Mallarmé antes, para usar a expressão de Mário de Andrade, como *mestre do passado* do que como um escritor cuja obra final se prolonga, fraturando esquemas e tradições, pelo futuro. E aquilo que ele *dizia algumas vezes a Stéphane Mallarmé*, a sua solidão entre os escritores do tempo, o seu reconhecimento por apenas alguns *poucos felizes*, o que havia de fino e acabado em sua obra, antes se refere ao Mallarmé dos Sonetos e do Parnasse do que ao último e mais radical Mallarmé, o de *Un coup de dés* e dos fragmentos de *Le livre*.

Por isso mesmo, não é de se estranhar que, no texto seguinte da edição Pléiade, *Stéphane Mallarmé*, conferência realizada na Université des Annales, em janeiro de 1933, o exemplário de que se utiliza da obra mallarmeana exclua aqueles textos: os seus exemplos são *Brise Marine*, *Les Fenêtres*, *Hérodiade*, com pequenas excursões a *L'Après-Midi d'un Faune*.

Na verdade, este texto de Valéry não é senão a repetição, com algumas variantes que decorrem muito mais de suas recordações de que de um esforço interpretativo, de tudo o que já havia dito nos textos anteriores. É, por assim dizer, a definição dos propósitos, das hesitações e das realizações do poeta sob o prisma de um *a priori*: o seu devotamento à arte, a sua recusa de um público numeroso, a perseguição de um ideal de *poesia pura*.

Quer dizer, um Mallarmé *obscuro, precioso e estéril* que ele procura resgatar através de sua própria biografia.

Na realidade, aquilo que Valéry escreve acerca de Mallarmé, como ele próprio chegou a reconhecer, não atinge superar os limites da impressão pessoal e mesmo autobiográfica. Por isso, podia escrever:

> *O método mais verdadeiro (o mais sincero e, além disso, o mais sedutor), para interessar aos outros em um poeta que se conheceu, de quem se pôde sobre si mesmo observar a influência, a ação, de início num estado incerto e como que latente; depois crescente, depois triunfante; enfim, atingindo seus limites que são os próprios limites das expressões finitas de um espírito diferente; o melhor método, dizia, para dar ao*

público a idéia que se fez deste poeta, consiste, sem nenhuma dúvida, em um simples recurso à lembrança.[52]

Nesse sentido, se, por um lado, um método desta espécie pode ser fértil à medida que carreia importantes elementos para a configuração biográfica de ambos os escritores, por outro lado, ele encontra as suas limitações na própria dose de afetividade que o norteia.

Em nenhum momento, desta maneira, a aproximação de Valéry logra deixar o espaço das reminiscências e atingir a caracterização do poeta a partir do momento já bastante remoto em que escrevia (1931). Isto não quer significar que, aqui e ali, em trechos esparsos, não ocorram admiráveis formulações da problemática levantada pelo poeta. Basta, por exemplo, que seja citado o trecho em que trata do sentido e da existência do verso na obra de Mallarmé:

> *(...) se o sentido destes versos me parecia difícil de decifrar, se eu não alcançava sempre reduzir estas palavras a um pensamento acabado, eu observava, no entanto, que jamais versos mais claros enquanto versos, jamais versos mais evidentes enquanto tais, jamais palavra mais decisivamente, mais luminosamente musical, tinham-me caído sob os olhos. A qualidade dos versos se impunha. E eu não podia me impedir de pensar que, mesmo nos maiores poetas, se o sentido, na maioria dos casos, não deixa lugar a qualquer dúvida, não deixa de haver versos que sejam duvidosos enquanto versos; versos que se podem ler com a dicção da prosa sem se ser forçado a levar a voz ao canto. Por conseguinte, o verso de Mallarmé, tal como eu o lia, com esta imperfeita compreensão que o acompanhava, me impunha a existência do próprio verso, compreendido ou não! No primeiro plano, não o sentido, mas a existência do verso.*[53]

Deste modo, o que ressalta afinal da análise de Valéry é a definição mais ou menos psicológica de um autor entregue ao sacrifício de buscar a

---

[52] Paul Valéry, *Oeuvres* 1, op. cit., p. 662.
[53] Ibidem, p. 667.

realização de uma *poesia pura*. Observe-se, contudo, como a estratégia utilizada pelo autor, em seu texto, deixa ver muito claramente de que modo visualizava a importância do "Mestre": esta decorreria antes de ter fixado nos *discípulos* um ideal de poesia do que a efetivação de uma *obra* pela qual se pudesse reconhecer um escritor realizado.

Dizendo de outro modo, o projeto mallarmeano é percebido em suas relações com a poesia sua contemporânea ou imediatamente anterior, sempre em referência às possibilidades de audiência de um autor marcado, para sempre, pelo estigma da *obscuridade, preciosidade e esterilidade*. E o texto de Valéry acentua, quase sempre através de uma sutil ironia, em que era mestre, o distanciamento entre o poeta e o público francês de seu tempo. Daí para o elogio incessante de sua personalidade enquanto homem empenhado num programa de antemão *fracassado* era apenas um passo. E é o que, de fato, ocorre: o texto termina, como todos os demais, pelo panegírico de um escritor martirizado pelo ideal que, a partir de um determinado momento de sua existência, passara a perseguir (e são citadas as cartas a Théodore Aubanel nas quais, desde 1864, Mallarmé firma as suas perspectivas de ascetismo e indiferença para com a *glória imediata*).

Os dois textos seguintes, *Sorte de préface*, publicados primeiramente em *Le Figaro*, de dezembro de 1936, sob o título de *Quand Mallarmé était professeur d'anglais*, posteriormente tendo servido de prefácio ao livro póstumo do poeta *Thèmes anglais pour toutes les grammaires*, de 1937; e *Mallarmé*, sua colaboração para o número dedicado ao poeta pela revista *Le Point*, em fevereiro-abril de 1944, não fogem à regra: são, antes de mais nada, recordações de caráter pessoal salpicadas, aqui e ali, por generalizações, às vezes, magistrais, acerca do trabalho poético.

O método de abordagem é sempre o mesmo: algo em que se misturam análise psicológica e referência social (quanto ao público-leitor e as dificuldades oferecidas pelo poeta), tudo permeado pela afetividade e pelo teor de resgate de Mallarmé dentro das letras francesas.

Veja-se bem, todavia, que este trabalho de recuperação da imagem de Mallarmé é sempre realizado a partir de uma consideração acerca ou do passado imediato (Romantismo e Baudelaire) ou da Literatura, por assim dizer, classificável, da época em que Valéry escreve os seus textos, isto é, aquela literatura que continuava a perseguir um certo ideal de *pureza* estética que o autor reconhecia como sendo o único possível para as letras.

Nesse sentido, permanece sempre à margem a obra final do poeta: na verdade, ela parece não ser considerada por Valéry a não ser em termos de experimentação, existindo sempre, nesse modo de a encarar, uma certa dose de complacência para com o "Mestre" em seus últimos dias. E a estes retorna sempre Valéry mas numa tonalidade melancólica e apiedada para com os esforços ultrapassantes (com relação à *normalidade*) do poeta.

Assim sendo, no texto *Sur Mallarmé* (que a edição Pléiade inclui sob o título de *Souvenirs Littéraires* e não nos textos concernentes ao poeta, como procede a edição NRF de 1950), em vez de tratar com o público ouvinte a que se dirige o texto, acerca dos mecanismos de execução de *Un coup de dés*, prefere se limitar às recordações de seu último encontro em Valvins.

É, não há dúvida, uma forma de tangenciar uma caracterização mais completa do poeta: o apelo à memória afetiva substitui, num escritor tão lúcido quanto Valéry, o desafio de uma obra para a qual, nem mesmo ele, parecia preparado em termos eminentemente estéticos.

Desta maneira, se de um ponto de vista genérico não há nada nos textos que já não se encontre, por exemplo, na *Première leçon du cours de poétique* proferida no Collège de France, em dezembro de 1937, neles há uma conotação a extrair substancial: o fato de que a teorização de Valéry não ia além daquilo que seu conhecimento do passado imediato, isto é, as experiências parnasiano-simbolistas, lhe pudesse oferecer.

Tirando tudo o que podia de tais experiências, aliadas a uma inteligência que se decidira pela clarificação incessante de seus instrumentos, Valéry chegava aos limites da clarividência acerca do ato criador poético, muito mais em termos de uma espécie de psicologia auto-reflexiva, do que a respeito da literatura que se realizava sob os seus olhos naquele momento e que lhe poderia ter dado firmes e objetivos argumentos para o louvor a que se propôs de Mallarmé.

Após esta excursão pelos textos de Valéry acerca de Mallarmé, é possível retornar a uma das questões centrais sugeridas nos inícios deste ensaio: a defasagem que ocorre entre o Valéry-teórico, capaz de intuir as transformações da Literatura e mesmo pô-las em questão a partir de uma discussão sobre os seus fundamentos mais complexos, e o Valéry que, na criação poética, embora se conservando ativo até quase a segunda metade do século, não fazia mais do que continuar uma tradição da poesia francesa do fim do século.

O retorno a esta questão agora pode se realizar de modo bem mais esclarecedor.

Na verdade, pelos textos sobre Mallarmé considerados neste ensaio, foi possível verificar em que medida a perspectiva de Valéry acerca da criação poética é limitada pela tendência à análise de raízes psicológicas que, como quase sempre acontece, termina por constituir um esquema mais ou menos parafrástico de aproximação literária. E, por mais arguto que seja o seu praticante, é difícil evitar o impressionismo, em que, freqüentemente, recai.

Ora, ao tratar de um autor como Mallarmé, em cuja convivência foi constituindo o seu próprio modo de ver e fazer Literatura, Valéry tinha todo o campo para se deixar arrastar, como acontece, pelas artimanhas da memória afetiva que, embora de um ponto de vista biográfico seja rica, acaba por obscurecer o sentido crítico em se tratando de um projeto como aquele acalentado por Mallarmé.

Um projeto que, na verdade, era uma aniquilação consciente e metódica de uma certa idéia da Literatura (idéia que sustentara toda a sua obra simbolista anterior) e que Valéry não deixou de cultivar, embora sempre alerta para as suas limitações teóricas.

Não basta afirmar que se é incapaz de dizer que *a marquesa saiu às cinco horas:* é preciso tentar o *suicídio* e o *échec* de *Un coup de dés*.

Parece ter sido isto o que não percebeu, ou não quis perceber, Valéry. Optou pela lucidez e pela inteligência e, por ironia, se transformou em *lição* e *símbolo perfeito da Europa*. Mas, como as civilizações, parodiando a sua frase exemplar, nós sabemos que as *lições* e os *símbolos* são mortais.

LEITURA DO *CEMITÉRIO*

Do Dez ao Doze: Origens

O aparecimento da versão brasileira do poema de Paul Valéry por Jorge Wanderley coincide com um momento da maior importância na história da obra do poeta francês: a publicação, em forma comercial, dos seus *Cahiers*, reveladores (para quem ainda não lera a edição fac-similar do Centre National de Recherches Scientifiques) de um espantoso escritor que, durante cinqüenta e um anos (1894 a 1945), fora anotando diariamente o movimento de seu espírito inquieto.

Para surpresa da maioria de seus leitores, um escritor autobiográfico, talvez fosse melhor dizer uma linguagem autobiográfica, buscando, sem cessar, os limites da lucidez por entre o esvaziamento das linguagens.

Entre o *Ego* e o *Ego Scriptor* dos *Cahiers*, quer dizer, entre a pessoa e a linguagem que a torna presente, o leitor atento acerta o passo para a leitura mais rica de sua poesia.

Foi T.S. Eliot quem escreveu que "a poesia não é um perder-se na emoção mas um escapar da emoção; não é a expressão da personalidade mas uma fuga da personalidade", acrescentando bem depressa: "Porém, de fato, somente aqueles que têm personalidade e emoção sabem o que significa querer escapar dessas coisas".

Na obra de Paul Valéry são mais freqüentes do que se possa imaginar as pistas oferecidas por ele a fim de que o leitor possa ir detectando, aqui e ali, os sinais reveladores deste percurso entre o *Ego* e o *Ego Scriptor*. O que acontece é que, como todo artista possuindo aquela complexidade requerida por Eliot, Paul Valéry jamais pensa em si mesmo independente da operação poética. Até mesmo o último termo, como é sabido, fica devendo alguma coisa, pois trata-se antes de uma larga e longa meditação acerca dos poderes da inteligência aplicados ao poema do que uma enclausurada reflexão poética.

No próprio texto que escreveu de comentário às análises de Gustave Cohen sobre o poema, encontra-se uma passagem reveladora da insistência de Valéry sobre a dependência entre dizer e fazer — entidades que terminam respondendo por aqueles pólos do *Ego* já mencionados:

> *Se pois me interrogam; se se inquietam (como acontece, e às vezes muito vivamente) acerca do que eu "quis dizer" em tal poema, respondo que eu não quis dizer, mas quis fazer, e que foi a intenção de fazer que quis o que eu disse...*

Esta dependência justifica o fato de que, se se quer traçar a história do poema agora traduzido, esta deva ser uma história formal que procure dar conta das relações de tensão entre o que ali está feito e o que ali se diz.

Os detalhes exteriores dessa história são bem conhecidos desde que, em 1926, Frédéric Lefèvre publicou *Entretiens avec Paul Valéry*.

Algumas revelações: certos trechos do poema teriam sido escritos quando da composição de *La jeune parque*, de 1912 a 1917; uma visita de Jacques Rivière, então um dos diretores da *Nouvelle Revue Française*, responsável pela primeira publicação do poema na Revista, em 1920; a insistência do poeta na realidade do cemitério de Sète, etc.

Existe, todavia, uma história bem mais interessante: a das origens, por assim dizer, internas. O modo pelo qual se foi elaborando, aos poucos, este longo poema de vinte e quatro estrofes de seis versos. Na verdade, o leitor de agora poderá ficar surpreendido em saber que a organização do poema não era esta que tem diante dos olhos, tal a unidade de composição atingida, onde cada peça parece definitivamente amarrada uma a outra, como se tudo tivesse sido elaborado obedecendo a um traçado imediato, exato e preciso.

A verdade é que a história das transformações sofridas pelo texto é extraordinariamente acidentada e já foi contada, com pormenores eruditos, por L.J. Austin em "Paul Valéry compose 'Le Cimetière Marin'", longo ensaio publicado no *Mercure de France,* em 1953.

Para que se tenha uma idéia: existiram três versões anteriores do poema onde as diferenças vão desde o número das estrofes (7, 10 e 23) até variantes fundamentais de versos que hoje parecem absolutamente intocáveis. E L.J. Austin afirma que Valéry via o que hoje chamamos de versão definitiva — esta que o leitor lê agora — como ainda um esboço daquilo que mereceria correções, acréscimos, diminuições. Um texto, enfim, *para o autor*, ainda não suficientemente acabado, pronto. E o próprio Paul Valéry deixou registrada a sua insatisfação no precioso "Au sujet du 'Cimetière Marin'", com que prefaciou as análises de Gustave Cohen a que já me referi. Ali está dito:

> *É preciso dizer, antes de tudo, que o* Cemitério marinho, *tal qual ele está, é para mim o resultado do seccionamento de um trabalho interior por um acontecimento fortuito. Numa tarde do ano de 1920, nosso amigo muito pranteado, Jacques Rivière, vindo visitar-me, encontrou-me em um "estado" deste* Cemitério marinho, *cuidando de retocar, de suprimir, de substituir, de intervir aqui e ali...*
>
> *Ele não sossegou enquanto não o leu; e tendo-o lido, enquanto não o arrebatou. Nada é mais decisivo do que o espírito de um diretor de revista.*
>
> *Foi assim que por acidente foi fixada a figura desta obra. Não foi um feito meu. De resto, não posso em geral voltar sobre o que quer que eu tenha escrito que não pense que faria outra coisa se alguma intervenção estranha ou alguma circunstância qualquer não tivesse rompido o encantamento de não terminar.*

Desfeito o encanto, aí está o poema, trazendo a marca, contudo, de uma insatisfação explícita do autor que não é dada ao crítico desconhecer. Não para que se sirva disto a fim de realizar uma leitura paralela à do autor: a sua deve ser feita a partir daquilo que se apresenta como poema e não daquilo que, por acaso, tenha ficado vagando nas intenções conscientes do poeta. Por isso mesmo, o que mais interessa no estudo erudito de L.J. Austin é a possibilidade de invariantes, quer dizer, daquilo que, no poema, permaneceu através das modificações sucessivas. E estas existem.

Para começar, aquilo que, para Valéry, era fundamental não foi modificado: refiro-me ao esquema rítmico e métrico adotado. Desde a primeira versão do poema — a de sete estrofes —, trata-se de um texto escrito em decassílabos com acentuação regular, obedecendo ao sistema de rimas AABCCB, em que B é sempre masculina, isto é, aguda ou oxítona, e as demais femininas, isto é, graves ou paroxítonas.

A utilização do decassílabo era, na verdade, a retomada pelo poeta de uma tradição métrica que havia sido relegada pelo uso generalizado, em seu tempo, do alexandrino. Mais ainda: como está dito em suas reflexões sobre o poema, a *figura* do texto, "une figure rythmique vide", foi, desde o início, decassilábica. Ou, segundo o próprio Valéry:

> *Observei que esta figura era decassilábica e fiz algumas reflexões sobre este tipo muito pouco empregado na poesia moderna; parecia-me pobre e monótono. Era pouca coisa comparado ao alexandrino que três ou quatro gerações de grandes artistas elaboraram prodigiosamente. O demônio da generalização sugeria tentar levar este Dez à potência do Doze.*

Estava tomado o caminho: a transformação de um esquema métrico "pobre e monótono" em alguma coisa que fosse capaz de suportar uma larga meditação acerca das tensões entre os reinos da afetividade, da emoção e da inteligência. Do Dez ao Doze: origens do poema.

DA ESTRUTURA ÀS SECRETAS ALTERAÇÕES

Publicado em livro, pela primeira vez, em agosto de 1920, "Chez Émile Paul Frères sur la Place Beauvau à Paris", dois meses depois de seu aparecimento na *Nouvelle Revue Française*, o poema toma a sua figura definitiva, trazendo inclusive a epígrafe de Píndaro que ora vai acompanhá-lo ora não nas numerosas edições que se seguem. E que figura é esta?

Como já se disse, a de um texto constituído de vinte e quatro estrofes de seis versos, onde cada uma tem a sua acidentada história de variantes, posição no espaço do poema, inversões e deslocamentos de versos.

Leitura do Cemitério

Existem, entretanto, duas exceções, de acordo com as pesquisas de L.J. Austin: as estrofes treze e quatorze que atravessaram incólumes os diversos estágios da composição.

> *Estas duas estrofes* [afirma Austin] *presentes desde o início, e que contêm o tema central do poema, a oposição entre o Absoluto e o Relativo, entre a Morte e a Vida, não têm história: ficarão sempre no centro do poema e não possuirão variantes essenciais.*

Mesmo deixando de lado a leitura radicalmente temática de Austin, é possível dizer, no entanto, que o poema possui, de fato, algo como um centro geométrico: o seu núcleo, o eixo de onde partem as várias modulações do texto. Para trás e para a frente: a estrutura e suas secretas alterações. Senão, vejamos:

> XIII. Os mortos vão bem, guardados na terra
> Que os aquece e os mistérios lhes encerra.
> O meio-dia imóvel na amplidão
> Pensa em si mesmo e se vê satisfeito...
> Completa fronte, diadema perfeito,
> Eu sou em ti secreta alteração.

> XIV. Só tens a mim para te proteger!
> Remorsos, dúvidas que eu conhecer,
> Do teu grande diamante são defeitos...
> Mas uma noite pesada de mármores
> Um povo errante entre raízes de árvores
> Tem lentamente o teu partido aceito.

Estas duas estrofes possuem, na verdade, elementos que permitem afirmar a sua função estruturadora no poema: vistos a partir delas, os momentos anteriores ou posteriores ganham uma maior intensidade e são melhor interpretados.

De fato, aquilo que, desde uma primeira leitura, vai ficando claro para o leitor atento, isto é, o jogo entre a imobilidade e o movimento, percebido por uma consciência que se esforça por manter a tensão entre os dois termos contraditórios, aqui recebe a sua designação mais precisa, atingindo o ponto de saturação num movimento de auto-reflexividade devastador.

Cemitério e mar, imagens transladoras daqueles dois termos são, nestas estrofes, vinculados pela insidiosa presença da consciência poética que está no último verso da estrofe treze:

> *Je suis en toi le secret changement.*

Transformado por tudo o que no poema até ali foi dito, este *je* aponta para a realização efetiva do poema enquanto mediação entre os estados de emoção e de afetividade e aquele outro, soberano, que se quer atuante, o da inteligência e da reflexão criadoras.

Por outro lado, exatamente por ser *secreta*, a alteração implica aquilo que se esconde nas próprias dobras do texto: o que muda não é tão-só a paisagem, ou os modos de relacionamento dessa paisagem de contradições, mas a maneira de ir conferindo significações aos estágios de compreensão da mudança. A imagem solar que está entre os terceiro e quarto versos da estrofe treze,

> *Midi là-haut, Midi sans mouvement*
> *En soi se pense et convient à soi-même...*

reproduz a "centralidade" da estrofe com relação ao poema: a auto-satisfação que define a intensidade do meio-dia situa-se entre o cemitério, instante de completa anulação, e aquela

> *Tête complète et parfait diadème*

que, sendo uma qualificação do meio-dia, é, não obstante, o seu desdobramento reflexivo, movimentado pelo último verso.

Sendo assim, a estrofe não somente resume tematicamente o poema, como quer L.J. Austin, mas reduplica, espelha o seu jogo mais secreto, instaurando uma espécie de diagrama por onde são reveladas a estrutura e

Leitura do Cemitério

suas modificações. (De resto, não é preciso muita sabedoria para se ter presente a importância do espelho, do reflexo, na obra de Valéry. Basta lembrar o ensaio agudo de Elizabeth Sewell, "Paul Valéry, the Mind in the Mirror".)

É na estrofe quatorze, todavia, que as *alterações* recebem um tratamento mais desenvolvido: instaurado o jogo da especulação (especular, espelhar), tanto o *tu* quanto o *moi*, do primeiro verso, são incluídos na trama da auto-reflexividade, ambos orientados para um mesmo objeto que não é outro senão o próprio poema que agora se escreve. Na verdade, os segundo e terceiro versos desta estrofe,

> *Mes repentirs, mes doutes, mes contraintes*
> *Sont le défaut de ton grand diamant...*

registram a precariedade do poema — instrumento de mediação que movimenta, mobiliza, e, por isso, reduz a eficácia, a pureza, daquilo que se situa para além de qualquer nomeação.

A "impureza" do poema, tecido instável de "remorsos", "dúvidas" e "dificuldades", é o pólo inevitável para o qual aponta o exercício da inteligência que se propõe apreender, pela linguagem, a perfeição da imobilidade absoluta.

Poema: linguagem em movimento. Signo imantado que, de modo inevitável, arrasta para a sua viagem o que a reflexão abstrata pode manter entre parênteses.

De fato, os termos utilizados no segundo verso descrevem a parábola do exercício poético: entre a pureza do "grande diamante" e a aceitação daqueles que, sob a proteção da "noite pesada de mármores", encontraram o instante absoluto, está o poema que recusa o "vago" e constrói a sua teia de impasses entre um "povo errante".

Portador do movimento, desde que linguagem, o poema não só *constrói* a sua teia mas ainda *destrói* a possibilidade do absoluto. A recusa do "vago", contraposto à aceitação do "povo errante", determina os limites dentro dos quais o poema se incrusta como mediador.

Entre o movimento e a imobilidade, Parmênides e Heráclito que aparecem relidos pelo poeta e confundidos pela poesia na utilização de

Píndaro e Zenão, o poema encontra o seu destino de linguagem: aquilo que transita entre o Absoluto e o Relativo, quer dizer, entre o Silêncio e a Palavra.

Na verdade, depois de longos anos de silêncio que se passaram entre os textos incluídos no *Album de vers anciens* e o estouro de *La jeune parque*, de 1892 a 1917, os poemas de *Charmes* refletem, das mais diversas maneiras, essa "mente no espelho" (Sewell) que a partir de então retoma o exercício da linguagem da poesia. Sob esta perspectiva, as duas estrofes aqui examinadas estabelecem os parâmetros não só da poesia de *Le cimetière marin* mas de toda a Poética de Paul Valéry.

Uma poética da auto-reflexividade que encontra neste poema de 1920 o seu mais preciso "correlativo objetivo", para dizer com T.S. Eliot: *um conjunto de objetos, uma situação, uma cadeia de acontecimentos que devem ser a fórmula desta emoção particular; de tal modo que quando os fatos externos, que devem terminar na experiência sensorial, são dados, a emoção é imediatamente evocada.*

Quer dizer: um módulo de articulação em que a intensidade do objeto poético — emoções, afetividades, imagens e memórias que são nomeadas pelo poema — é traduzida pela linguagem e retraduzida pela consciência poética.

Dois níveis de tradução, portanto: aquele que, numa primeira leitura revela a transformação da experiência mediterrânea de Sète num motivo para a meditação através do poema e aquele que implica na reflexão sobre os próprios limites da transitividade entre experiência e poema. A passagem de um para outro nível, num contexto de inclusão permanente que é o contexto poético, é o que, sem dúvida, torna o poema denso, exigindo do leitor uma constante reduplicação de seus termos.

Em outras palavras, a consciência poética, perigoso alimento de toda a poesia moderna, obriga o leitor à perda sistemática da "ingenuidade": para que ele possa apreender o que se esconde por trás da luminosidade do *Midi* em oposição à noite do *Cimetière*.

Não basta a leitura daqueles termos que registram a experiência adolescente do poeta às margens do mediterrâneo. Mais do que isso, urge a compreensão do modo pelo qual foi possível transformar aquela experiência numa forma em que os espaços do *dizer* e do *fazer*, segundo a

Leitura do Cemitério

própria expressão de Valéry, pudessem ser aglutinados sem a perda de suas virtualidades sensíveis.

Escrevendo sobre *La jeune parque*, Gaëtan Picon soube acentuar, de modo exato, o que, para o leitor de Valéry, significa este movimento de reduplicação:

> *Em todo caso,* diz Picon, La Jeune Parque*, exercício da consciência poética, obriga-nos a tomar consciência de nosso sentimento da poesia.*

Por isso mesmo, não obstante a sua importância como momento que veio a marcar todas as posteriores leituras do poema, a análise de Gustave Cohen, em *Essai d'Explication du cimetière marin*, sofre de uma limitação básica: a divisão do poema em quatro etapas, embora sirva para esclarecer as suas variações temáticas, deixa de lado o aspecto substancial da forma auto-reflexiva que seria um quinto momento controlador e problematizador dos demais. Problematizador: aquele sem o qual os outros acabam reduzidos à condição de fases de uma meditação "filosófica".

Examine-se de mais perto a divisão sugerida por Gustave Cohen. Segundo ele, o poema admitiria uma divisão em quatro momentos: a) imobilidade do Não-Ser ou Nada Eterno e Inconsciente (estrofes I-IV); b) imobilidade do Ser Efêmero e Consciente (estrofes V-VIII); c) Morte ou Imortalidade? (estrofes IX-XVIII) e d) triunfo do momentâneo e do sucessivo, da mudança e da criação poética (estrofes XIX-XXIV).

Como toda leitura excessivamente preocupada em fisgar o significado do texto, esquematizando para clarificar, a divisão proposta por Cohen termina por não levar em conta todo aquele movimento de segurança e hesitação que faz com que o poema não possua essa linearidade de etapas que a divisão faz parecer.

A busca pelo significado leva à perda da estrutura: é claro, todavia, que toda a leitura termina sendo uma procura pelo significado, mas este não pode ser revelado, sem uma estação pelos emaranhados caminhos da estrutura do poema, veredas e sertões da linguagem. A operação é antes a do revezamento contínuo entre significado e significante, cuja relação é a estrutura, o poema desloca constantemente os dados do jogo da linguagem.

Por isso, a pergunta pelo significado inclui solidariamente a outra: a pergunta pela estrutura, o modo através do qual o *dizer* foi possível.

Na verdade, ao comentar as análises de Cohen, o próprio Paul Valéry procurou acentuar as relações de dependência que vinculam as estrofes:

> *Entre as estrofes* [diz ele] *contrastes ou correspondências deviam ser instituídos. Esta última condição exigiu de imediato que o poema possível fosse um monólogo do eu, no qual os temas mais simples e os mais constantes de minha vida afetiva e intelectual, tais como se tinham impostos à minha adolescência e associados ao mar e à luz de um certo lugar das margens do Mediterrâneo, fossem evocados, tramados, opostos... Tudo isto levava à morte e ao pensamento puro. (O verso escolhido de dez sílabas tem alguma relação com o verso dantesco.)*

Vê-se, deste modo, como o jogo das oposições e dos contrastes é básico para a apreensão da *forma* do poema, isto é, da maneira pela qual a articulação entre *dizer* e *fazer* tornou-se possível.

De outro modo — e isto seria fatal na leitura de um poema como este — cai-se, como ocorre, em boa parte, com Gustave Cohen, na decifração "filosófica".

Ora, aquele "pensamento puro" referido por Valéry tem, por certo, muito mais a ver com o trabalho problematizador da consciência poética do que com uma hipotética significação "filosófica" do poema. Se mais fosse preciso para elucidar a trama de significados e significantes no poema, bastaria atentar para a observação de Valéry acerca do verso escolhido que está entre parênteses. A reflexão que o poema encerra (ou descerra?) é vinculada a toda uma tradição poética: a presença de Dante, em termos de escolha rítmica e métrica, equivale à presença de Píndaro na epígrafe ou à de Zenão no corpo do texto.

O que isso tudo vem revelar ao olho vivo do leitor é bem radical: o encontro de um "correlativo objetivo", tal como ele é definido por Eliot, pode e deve importar, para a modernidade, em mais do que uma façanha de ordem pessoal, na intensificação da própria historicidade da poesia.

Historicidade e não historicismo: a discussão interna das viabilidades da linguagem poética que termina apontando para a radicação do poeta no Tempo. É o que se perde na leitura bem-intencionada de Gustave Cohen.

Fica-se com o desenho vago de uma "filosofia" linear, discursiva, descarnada de toda a enorme, magistral, intensidade que Valéry soube emprestar aos modos de relacionamento (sempre precários) entre o afetivo, o emotivo e o intelectual.

Grupos de estrofes que possuem, cada um, o seu significado: quando o poema é, todo ele, uma metáfora em expansão, fazendo convergir para um centro de hesitações rítmicas e imagéticas a descoberta das possibilidades da linguagem da poesia. Por isso, a divisão proposta não dá conta de certos momentos que não se ajustam à simetria da classificação.

Assim, por exemplo, por que incluir a estrofe oitava no segundo momento quando ela já contém, intenso, o movimento especular que se viu ser fundamental nas estrofes centrais do texto e em todo o poema?

Na verdade, o triunfo do momentâneo, do sucessivo, da mudança e da criação poética, apontado por Gustave Cohen como pertencendo ao último momento, já se acha incluso em estrofes anteriores, pois se trata, como já se disse, da própria maquinação secreta do poema. Se não, leia-se a estrofe oitava:

> VIII. Só para mim, exclusividade extrema,
> Perto de um peito, às fontes do poema,
> Dividido entre o vácuo e o fato puro,
> Quero escutar minha grandeza interna,
> Amarga, escura e sonora cisterna,
> N'alma um vazio som, sempre futuro!

Desde o início, a estrofe antecipa aquela auto-satisfação do *Midi* que está na estrofe treze: o encontro da linguagem consigo mesma (mais do que do poeta consigo) intervém como espaço criador das hesitações do significado.

Refletido por entre as emoções extremas que a memória possibilita, o poema cava o espaço de vertigem propiciatório que está nos dois versos centrais da estrofe:

João Alexandre Barbosa

Entre le vide et l'événement pur,
J'attends l'echo de ma grandeur interne,

O poema como eco: aquilo que ressoa por entre as estilhaçadas memórias de sensações e emoções retidas pela consciência que ainda não é poética.

Será, poderá ser: quando no horizonte do texto, esgotado aquele "campo do possível" pindárico, a organização do poema for toda ela um ressoar de antecipações:

Sonnant dans l'âme un creux toujours futur!,

como se diz no último verso desta estrofe.

Lidos assim, como permanentes ecos de versos que dizem se fazendo por entre as estrofes *tramadas* e *opostas*, segundo o próprio roteiro do poeta, Cemitério e Mar, Absoluto e Relativo, Silêncio e Palavra não são mais do que figuras tortuosas de uma só e única figura que impõe o movimento: o poema.

PERMANÊNCIA E CONTINUIDADE
DE PAUL VALÉRY*

Confesso que tenho certa dificuldade em começar a escrever estas páginas introdutórias. E por duas razões essenciais. Em primeiro lugar, porque sendo o organizador desta coletânea de textos de Paul Valéry (1871-1945), devo esclarecer, para o leitor eventual, as razões das escolhas; em segundo lugar, o que é ainda mais importante, porque é sempre muito difícil escrever, sem o tumulto da admiração, sobre uma obra com a qual se tem convivido por tantos anos, a ponto de não se saber exatamente por onde começar, sem que perdure a incômoda sensação da arbitrariedade.

A tudo isso, acrescente-se a enorme complexidade da obra de Valéry e se tem o quadro mais ou menos completo de dificuldades com que me defronto. Creio que o jeito é mesmo ir por partes.

Para começar, uma observação de cunho editorial que, no entanto, dirigiu, em grande parte, a escolha dos textos: esta é a primeira coletânea de escritos em prosa de Valéry que se publica no Brasil e, por isso mesmo, optou-se por seguir de bem perto a "variedade" com que sempre buscou caracterizar as suas reflexões em prosa. (*Variété* foi o título escolhido por Valéry para nomear as várias reuniões que fez daquelas reflexões a partir de 1924.)

Sendo assim, as quatro partes que compõem esta coletânea seguem a divisão proposta no primeiro volume das *Oeuvres*, publicadas por Gallimard, em 1957, sob o título geral de *Variété: études littéraires*, *Études philosophiques*, *Essais quasi politiques* e *Theórie poétique et esthétique*. Na

---

* Este texto foi a introdução para o livro de Paul Valéry, *Variedades*. São Paulo, Iluminuras, 2007, organizado pelo autor.

edição Gallimard, existem ainda duas outras partes, *Enseignement* e *Mémoires du poète*, que não foram incluídas nesta coletânea, com a única exceção do texto *Acerca do Cemitério marinho*, pertencente à última parte.

Finalmente, é preciso dizer que, no projeto inicial desta coletânea, havia ainda uma segunda parte, intitulada *Vistas*, que seria composta por apenas dois textos, *Como trabalham os escritores* e *Centenário da fotografia*. O título adotado era a tradução literal do volume *Vues*, da coleção "Le Choix" de *La table ronde*, publicado por J.B. Janin éditeur, em 1948, reunindo numerosos textos não incluídos na edição Gallimard, o último dos quais, *Última verba*, foi escrito meses antes da morte do poeta e no qual é possível detectar ecos do fim da Segunda Guerra Mundial. Razões editoriais não permitiram a inclusão desses textos nesta coletânea.

Todavia, os quinze textos que a constituem podem servir como introdução ao rico universo de Paul Valéry, embora seja sempre possível apontar ausências, sobretudo para aquele leitor que já é familiarizado com a obra em prosa do poeta. Assim, alguns dos famosos ensaios que compõem os *Regards sur le monde actuel*, as suas *Pièces sur l'art*, alguma coisa dos *Dialogues* ou de *Tel Quel*, sem esquecer trechos dos *Cahiers*. Não é, entretanto, o leitor que vai sentir falta de alguns dos *Mauvaises Pensées et autres* que visa, antes de tudo, esta antologia.

Para este leitor, existe a obra original. Sem desprezar o prazer que o leitor habitual do poeta possa vir a encontrar na leitura destes ensaios traduzidos para o português, o leitor-alvo é, sobretudo, aquele que possa descobrir agora o pensamento de Valéry. E isto explica as outras razões de escolha.

A abertura do livro se dá pelos ensaios propriamente literários, indo desde Villon até o Simbolismo (centrado, como não poderia deixar de ser, em Mallarmé), passando por Goethe, Nerval, Baudelaire e Flaubert. Entre esta primeira parte e a última — onde estão concentrados os textos de poética de Paul Valéry — quatro textos revelam as singulares aproximações de Valéry a temas de Filosofia e Política. Acredito que, deste modo, fica assegurada a variedade dos escritos de Valéry, sem a perda daquilo que, na variedade, é recorrência reflexiva e procura do rigor de um pensamento, antes de mais nada, poético.

Pode-se dizer, por outro lado, que este é um dos grandes temas da obra de Paul Valéry e foi magistralmente sintetizado por Italo Calvino:

> *Dentre os valores que eu gostaria de passar ao próximo milênio está, acima de todos, este: uma literatura que tenha absorvido o gosto pelo ordenamento mental e pela exatidão, a inteligência da poesia, mas, ao mesmo tempo, da ciência e da filosofia: uma inteligência como a de Valéry enquanto ensaísta e prosador.*

Calvino aponta Jorge Luis Borges como aquele "escritor de ficção que realizou perfeitamente o ideal estético de Valéry de exatidão na imaginação e na linguagem, criando obras que combinam a rigorosa geometria do cristal e a abstração do raciocínio dedutivo".

A intuição de Italo Calvino é certeira ao assinalar a continuidade Valéry / Borges, mas, sem dúvida, uma figura se desenha na base dessa tradição: a de Edgar Poe, e que T.S. Eliot soube apreender no ensaio *From Poe to Valéry*, de 1948.

Arrisco mesmo a dizer que esta figura central não estava longe das considerações de Italo Calvino: uma pista segura neste sentido, embora pareça uma ficção borgiana, é a sexta das *Norton lectures* que ele não chegou a completar, e por isso não se inclui no livro de que citei o texto mencionado, mas cujo título, de traço quase ilegível na reprodução do manuscrito feita por sua mulher e editora das *Lectures*, estabelece uma inesperada e fundamental relação entre Calvino, Valéry e Poe: *Consistência*.

Na verdade, sabe-se hoje que o primeiro ensaio crítico de Paul Valéry, *Sur la technique littéraire*, de 1889, sendo uma reflexão sobre os efeitos a serem atingidos pela poesia e os meios de controle de que dispõe o poeta para tal fim, é, sobretudo, uma leitura da *Filosofia da Composição*, de Poe, iniciando-se do seguinte modo:

> *A literatura é a arte de se representar a alma dos outros. É com esta brutalidade científica que nossa época viu se pôr o problema da estética do verbo, isto é, o problema da Forma. Dados uma impressão, um sonho, um pensamento, é preciso expressá-los de tal modo que se produza na*

alma do ouvinte o máximo de efeito — e um efeito inteiramente calculado pelo Artista.

Trinta e dois anos mais tarde, em 1921, escrevendo a introdução para a tradução de *Eureka,* de Poe, por Baudelaire, fará referências àqueles encontros de juventude com a obra do poeta norte-americano:

J'avais vingt ans, et je croyais à la puissance de la pensée.

E de como a obra de Poe vinha, para o jovem poeta, preencher uma lacuna que detectava na tradição francesa da Poesia:

Lucrèce, ni Dante, ne sont Français. Nous n'avons point chez nous de poètes de la connaissance.

Estes seriam, para ele, aqueles poetas que realizariam *obras de grande estilo e de uma nobre severidade, que dominam o sensível e o inteligível.* Este domínio, que era para Poe o domínio da poesia e da verdade, só se atinge pela consistência. Diz Valéry: *Para atingir o que ele chama de verdade, Poe invoca o que ele chama de consistência* e, em seguida, melhor explicitando o conceito:

No sistema de Poe, a consistência é simultaneamente o meio da descoberta e a própria descoberta. Eis um admirável projeto; exemplo e prática da reciprocidade de apropriação. O universo é construído sobre um plano cuja simetria profunda está, de algum modo, presente na estrutura íntima de nosso espírito. O instinto poético deve conduzir-nos cegamente à verdade.

Seria esta *tentativa muito precisa de definir o universo por propriedades intrínsecas,* como diz em outra passagem Valéry, que estaria sob o traço quase apagado do título da conferência não escrita por Italo Calvino? Aquela proposição de *Eureka*, citada e glosada por Valéry, em que se lê: *Cada lei da natureza depende em todos os pontos de outras leis?* Jamais saberemos: segundo sua mulher, e editora das *Lectures*, a sexta conferência havia recebido o título de *Consistência*, fora pensada, mas somente seria escrita em Harvard, onde Calvino não chegou, pois a morte o colheu antes.

De qualquer modo, as conjecturas acerca de uma linha de relação fundamental Poe/Valéry/Calvino não apenas se justificam a partir daquilo que é dito sobre Valéry na última conferência publicada (Multiplicidade), já mencionado, como, ainda, se atentarmos para o fato de que a novela de Calvino, *Palomar*, de 1983, isto é, um ano antes de ter começado a pensar nas *Charles Eliot Norton lectures* é uma óbvia alusão ao sistema do *Monsieur Teste*, de Paul Valéry.

Entre as referências à cabeça, do Senhor Teste de Valéry, e o telescópio, do Senhor Palomar de Calvino, passa toda uma crítica à tradição dos sistemas que procuram explicar as relações entre o eu e o mundo pela construção de mecanismos de percepção em que o sensível e o inteligível estabeleçam domínios de interação mútua, tal como já se delineava nas reflexões de *Eureka*, que Edgar Poe queria que fossem lidas como um poema. Um poema à Lucrécio, de quem Valéry sentia falta na tradição francesa de poesia, e que se definisse como poesia do conhecimento. O próprio Paul Valéry vai preencher esta lacuna da tradição, ao publicar, em 1917, *La jeune parque* e, em 1920, *Le cimetière marin*. Mas estes poemas, assim como outros que constituem o volume *Charmes*, de 1922, são, por assim dizer, catalizações de uma reflexão incessante que tem o seu início com a composição de *La soirée avec Monsieur Teste*, em 1894, mas só publicado em 1896, o primeiro dos dez textos que hoje compõem o *Ciclo Teste*, e a de um outro ensaio essencial, *Introdução ao método de Leonardo da Vinci*, de 1894.

Este ano da década de 90 é ainda muito importante por um outro motivo: são de 1894 as primeiras páginas dos *Cahiers* que hão de ser a sua obra permanente até 1945, ano de sua morte. Basta ler estas páginas iniciais, as páginas do *Journal de Bord* a que Valéry chamou de *Pré-Teste* sob a data de 1894, para reconhecer, entre fragmentos, a linha de reflexão influenciada por Edgar Poe e que já se revelara no texto sobre a técnica literária de 1889.

Trata-se, antes de mais nada, de, sob o controle da consciência, daquela consciência que fazia, pela mesma época, surgir a sombra de Descartes na epígrafe de Teste, buscar simetrias e reciprocidades entre as artes e as ciências, ou, mais precisamente, entre as artes verbais e as ciências da exatidão, como a matemática e a física.

É o início também da busca pelo rigor, sem a perda da sensibilidade, de que Senhor Teste é a impossibilidade caricatural e Leonardo, o arquétipo da realização bem-sucedida.

Sendo assim, é possível compreender que, logo na primeira página dos *Cahiers*, lado a lado, venham uma enumeração dos nomes de Faraday, Maxwell e Edison e um quase-poema, que aponta para as origens mediterrâneas do autor: "Portion de famille / Son sang, le mien / Passion". Não é, portanto, por acaso que tenha elegido Leonardo como modelo para aquele tipo de inteligência que buscava nos inícios de suas reflexões:

> *Nele eu via o personagem principal desta Comédia Intelectual que não encontrou até aqui o seu poeta, e que seria, para meu gosto, bem mais preciosa ainda do que* A comédia humana *ou mesmo* A divina comédia.

Qual a razão, entretanto, desta importância atribuída a Leonardo? Responde Valéry:

> *Eu sentia que este mestre de seus meios, este possuidor do desenho, das imagens, do cálculo, tinha encontrado a atitude central a partir da qual as empresas do conhecimento e as operações da arte são igualmente possíveis; as trocas felizes entre a análise e os atos singularmente prováveis: pensamento maravilhosamente excitante.*

Mas isto tudo é dito em texto de 1919 (*Note et Digression*) e não na *Introdução*, de 1894. Nesta, o objetivo primordial era a revelação de um método que se traduz por aquela "atitude central" do ensaio de 1919: a perspectiva a partir da qual o domínio dos meios artísticos, das técnicas e das ciências se respondem mutuamente pela instauração daquilo que Valéry chama de "lógica imaginativa ou analógica", e que se funda, segundo ele, no encontro de relações "entre coisas cuja lei de continuidade nos escapa". Leonardo, como Poe, a quem Valéry recorre quase ao fim da *Introdução* (quando, pela primeira vez, alude à imagem da máquina para falar da obra de arte: "uma máquina destinada a excitar e a combinar as formações individuais destes espíritos"), foi daqueles a quem esta "lei de continuidade" não escapou e, por isso, a unidade de seu método está baseada nas operações da analogia, "vertigens da analogia", como diz Valéry, vinculadas à consciência daquelas operações, somente excepcionalmente atingida. Daí a observação:

> *A consciência das operações de pensamento, que é a lógica desconhecida de que falei, não existe senão raramente, mesmo nas mais fortes cabeças.*

As anotações disseminadas pelos *Cahiers* apontam para a incessante busca daquela consciência e, durante muitos anos, ao menos até a publicação de *La jeune parque*, em 1917, os poemas não serão senão momentos de intervalo e de experimentação com a linguagem da poesia, para tomar o pulso das operações capazes de articular o sensível e o inteligível.

Neste sentido, como não podia deixar de ser, as reflexões sobre linguagem, e não somente a da poesia, são centrais para o desenvolvimento do pensamento de Valéry. Veja-se, por exemplo, o texto que, ainda nessa década dos 90, mais precisamente em 1898, publicou, no *Mercure de France*, sobre a *ciência das significações* de Michel Bréal, contida no livro *La sémantique*. Pode-se mesmo dizer que a maior parte das anotações que compreendem os seus primeiros *Cahiers*, de 1894 a 1914, corresponde a indagações sobre a significação das linguagens, sejam as verbais, sejam as das matemáticas e da filosofia. (Por isso mesmo, seja dito entre parênteses, não é de estranhar a comparação, que tem ocorrido a mais de um crítico de Valéry, entre ele e Wittgenstein.)

Na verdade, quando, a partir de 1912, começam os primeiros esboços de *La jeune parque*, as explorações da linguagem da poesia assumem para sempre, em sua obra, este viés: um modo de tornar inteligível, para usar a sua própria expressão, a *hesitação entre o som e o sentido*. É precisamente nesta *hesitação*, fazendo ecoar possibilidades significativas e, ao mesmo tempo, assegurando a tensão entre o sensível e o inteligível, que Valéry procurou descortinar a viabilidade de uma *poesia pura*, isto é, uma poesia cujo significado é antes a percepção do espaço que se constrói entre som e sentido, sua *hesitação* do que a partilha entre um e outro. É, de certo modo, o que se pode ler no ensaio *Poesia e pensamento abstrato*, na última parte desta coletânea:

> *Entre a Voz e o Pensamento, entre o Pensamento e a Voz, entre a Presença e a Ausência oscila o pêndulo poético. Resulta dessa análise que o valor de um poema reside na indissolubilidade do som e do sentido. Ora, eis uma condição que parece exigir o impossível. Não existe qualquer relação entre o som e o sentido de uma palavra. A mesma coisa se chama HORSE em inglês, IPPOS em grego, EQVVS em latim e CHEVAL em francês; mas nenhuma operação sobre qualquer um desses termos me dará a idéia do animal em questão; nenhuma operação sobre essa idéia me levará a qualquer dessas palavras — caso contrário saberíamos facilmente todas as línguas, a começar pela nossa. E, contudo, a tarefa do poeta é nos dar a sensação de união íntima entre a palavra e o espírito.*

Em *La jeune parque*, como muito bem soube ver o seu admirável tradutor brasileiro, Augusto de Campos, Valéry cria a distinção entre Eu e Mim (*moi* e, sempre grafado, MOI) para acentuar a dependência entre poeta e poema, entre eu e linguagem, por onde passa a recorrente identidade: "Mystérieuse MOI, pourtant, tu vis encore! / Tu vas te reconnaître au lever de l'aurore / Amèrement la même..." (Tradução de Augusto de Campos: "Misteriosa MIM, teu ser ainda persiste! / Quando volver a aurora vais rever-te: triste- / mente és a mesma...").

No ensaio de 1939, a distinção entre a linguagem da prosa e a da poesia está precisamente em que a primeira se esgota na compreensão, por onde se transforma em outra coisa, enquanto, *ao contrário, o poema não morre por ter vivido: ele é feito expressamente para renascer de suas cinzas e vir a ser indefinidamente o que acabou de ser. A poesia reconhece-se por esta propriedade: ela tende a se fazer reproduzir em sua forma, ela nos excita a reconstituí-la identicamente.* E finalmente, ainda do mesmo ensaio, estas palavras iluminadas com que se delineia mais fortemente a diferença entre poesia e prosa:

Permanência e continuidade de Paul Valéry

> *Assim, entre a forma e o conteúdo, entre o som e o sentido, entre o poema e o estado de poesia, se manifesta uma simetria, uma igualdade de importância, de valor e de poder que não existe na prosa; que se opõe à lei da prosa — que decreta a desigualdade dos dois constituintes da linguagem. O princípio essencial da mecânica poética — isto é, das condições de produção de estado poético pela palavra — é a meus olhos esta troca harmoniosa entre a expressão e a impressão.*

Daí dois corolários fundamentais da poética de Valéry: o poema como *uma espécie de máquina de provocar o estado poético por meio de palavras* e o seu hábito confesso de estar *mais atento à formação ou à fabricação das obras do que às próprias obras (...), de não apreciar as obras senão como ações.*

O que, naturalmente, o levava a recusar o princípio generalizado da inspiração, transferindo-o do poeta para o leitor ou receptor da poesia:

> *Um poeta — não se choquem com a minha proposição — não tem por função fazer sentir novamente o estado poético: isto é assunto privado. Reconhece-se o poeta — ou, pelo menos, cada um reconhece o seu — pelo simples fato de que ele transforma o leitor em "inspirado". A inspiração é, falando positivamente, uma atribuição graciosa que o leitor faz a seu poeta: o leitor nos oferece os méritos transcendentes dos poderes e das graças que se desenvolvem nele. Ele procura e encontra em nós a causa maravilhosa de seu deslumbramento.*

Nas últimas frases do ensaio, todavia, é recuperado aquilo que um Roger Shattuck percebeu como elemento de vinculação essencial, em Valéry, entre obra e vida: a poesia como *ato de espírito* e que, de alguma maneira, faz ressoar aquela *atitude central* que o próprio Valéry apontava em Leonardo. Diz Valéry:

> *Talvez achem minha concepção do poeta e do poema muito singular? Mas tentem imaginar o que supõe o menor de nossos atos. Imaginem tudo o que deve se passar no homem que emite uma pequena frase inteligível, e avaliem tudo o que é preciso para que um poema de Keats ou de Baudelaire venha a se formar sobre uma página vazia, diante do*

poeta. Considerem também que, entre todas as artes, a nossa é talvez a que coordena o máximo de partes ou de fatores independentes: o som, o sentido, o real e o imaginário, a lógica, a sintaxe e a dupla invenção do conteúdo e da forma... e tudo isso por intermédio desse meio essencialmente prático, perpetuamente alterado, profanado, desempenhando todos os ofícios, a linguagem comum, da qual devemos tirar uma Voz pura, ideal, capaz de comunicar sem fraquezas, sem aparente esforço, sem atentado ao ouvido e sem romper a esfera instantânea do universo poético, uma idéia de algum Eu (moi), maravilhosamente superior a Mim (Moi).

Não passa por aqui alguma coisa daquela reciprocidade entre sistemas que o próprio Valéry fisgava como essencial no conceito de *Consistência*, de Edgar Poe? Ou aquela *lógica imaginativa* que ele detectava como central em Leonardo da Vinci?

Não é de se estranhar: a prosa de Valéry, assim como a sua melhor poesia, tem, por certo, um timbre repetitivo e obcecado. Para ele, os textos jamais são definitivos porque as idéias são experimentos de idéias, ou ídolos, como preferiu dizer Cioran. Mas o *rigor obstinado* (do lema de Leonardo) com que as perseguia, criava os espaços de tensão por onde passavam algumas frases que, instigando o leitor a reconstituí-las identicamente, para utilizar os seus termos, faziam a passagem da prosa à poesia.

Neste sentido, estão para além da compreensão e *se reproduzem em sua forma.* Por isso, talvez o melhor Valéry nunca esteja onde se está lendo: cada um dos textos reunidos nesta coletânea faz pensar noutro texto — quem já leu *Tel Quel* vai sempre reler os *Cahiers*, e basta ter lido alguns fragmentos destes últimos para estar sempre relendo Valéry, mesmo se for a primeira vez que se está detendo o olho em qualquer texto desta coletânea.

Desta maneira, teve razão Italo Calvino: Paul Valéry teria que estar nas páginas dedicadas à multiplicidade. Daí para o próximo milênio.

POESIA E ABSTRAÇÃO EM PAUL VALÉRY

Transformado pelo poeta, o leitor faz da experiência de leitura um processo de concretização daquilo que, no poema, era abstração da linguagem. Entre a experiência do poeta, que tende à abstração por força da linguagem que a realiza, e a experiência de leitura, que força a concretização, o leitor e o texto interagem entre sons e sentidos que se fazem e refazem de modo ininterrupto.

Eis exemplos recortados da obra de Paul Valéry. Refiro-me ao conjunto de três poemas, *La dormeuse*, *Les pas* e *La ceinture*, datados de 1920, 21 e 22, respectivamente, e pertencentes ao volume *Charmes*, de 1922.

Eis o primeiro texto, que faço seguir da tradução de Augusto de Campos:

La dormeuse
à Lucien Fabre

Quels secrets dans son coeur brûle ma jeune amie,
Ame par le doux masque aspirant une fleur?
De quels vains aliments sa naïve chaleur
Fait ce rayonnement d'une femme endormie?

Souffle, songes, silence, invincible accalmie,
Tu triomphes, ô paix plus puissante qu'un pleur,
Quand de ce plein sommeil l'onde grave et l'ampleur
Conspirent sur le sein d'une telle ennemie.

Dormeuse, amas doré d'ombres et d'abandons,
Ton repos redoutable est chargé de tels dons,
Ô biche avec langueur longue auprès d'une grappe,

Que malgré l'âme absente, occupée aux enfers,
Ta forme au ventre pur qu'un bras fluide drape,
Veille; ta forme veille, et mes yeux sont ouverts.

A Adormecida
A Lucien Fabre

Que segredo incandesces no peito, minha amiga,
Alma por doce máscara aspirando a flor?
De que alimentos vãos teu cândido calor
Gera essa irradiação: mulher adormecida?

Sopro, sonhos, silêncio, invencível quebranto,
Tu triunfas, ó paz mais potente que um pranto,
Quando de um pleno sono a onda grave e estendida
Conspira sobre o seio de tal inimiga.

Dorme, dourada soma: sombras e abandono.
De tais dons cumulou-se esse temível sono,
Corça languidamente longa além do laço,

Que embora a alma ausente, em luta nos desertos,
Tua forma ao ventre puro, que veste um fluido braço,
Vela. Tua forma vela, e meus olhos: abertos.

Este soneto, em versos alexandrinos e com rimas ABBA, ABBA, CCD, EDE, é bem um exemplo daquele jogo incessante entre abstração e concretude referido anteriormente.

Iniciando-se por um quarteto inteiramente interrogativo, perguntas sem resposta a não ser pela própria presença da mulher adormecida, pelo soneto passa a espera intensificadora que está para além das circunstâncias pontuadas.

Poesia e abstração em Paul Valéry

Assim ocorre com o segundo quarteto: o primeiro verso enumera aqueles elementos que, compondo a imagem da mulher adormecida, permitem a leitura, ao mesmo tempo, descritiva e narrativa da própria imagem. Sendo assim, o *tu* que inicia o segundo verso antes se dirige à imagem ("paix plus puissante qu'un pleur") do que à mulher. É "mais potente" porque mais abstrata e, por isso mesmo, capaz de escapar a uma leitura unilinear: o que se está lendo não é *uma* mulher adormecida mas a imagem do "sopro, sonhos, silêncio, invencível quebranto" que o poema instaura na visão da adormecida.

É precisamente esse jogo entre imobilidade aparente e o tumulto dos sentidos que a apreende que a linguagem do poema busca incentivar: entre o "plein sommeil" e "l'onde grave et l'ampleur", imobilidade e movimento, a adormecida, o corpo da adormecida, é o elemento tenso de inquietação que o poeta oferece como leitura concretizante ao leitor.

Por outro lado, a transformação da mulher em corça, como está no admirável último verso do primeiro terceto ("Ô biche avec langueur longue auprès d'une grappe"), acentua o processo de concretização: "amas doré d'ombres et d'abandons", a adormecida é pura sensualidade.

O segundo verso deste terceto já resumira os elementos dispersos pelas imagens anteriores: "Ton repos redoutable est chargé de tels dons". O leitor sabe e não sabe o que são "tais dons" e, desta maneira, entra no jogo de tensões do poema, intensificando a sua apreensão.

De qualquer modo, no último terceto, estabelece-se a relação essencial entre eles e a forma da adormecida, uma forma ausente da alma, "occupée aux enfers", mas cuja objetividade escultórica é dada no penúltimo verso: "Ta forme au ventre pur qu'un bras fluide drape". É, então, que o leitor desconfia de que aquilo que viera lendo é antes a apreensão de uma forma, sem a qual todas as tensões experimentadas não existiriam, e pode, assim, reler a primeira estrofe: "secrets" e "vains aliments" são agora preenchidos pelo inteiro movimento do poema e aquilo que poderia parecer questões retóricas ganha toda a sua materialidade pelo que se expressa no último verso: "...ta forme veille, et mes yeux sont ouverts".

Nada mais abstrato do que a leitura de uma forma e, no entanto, transformada em matéria do poema, a ação do leitor opera a concretização que passa a ser, então, o próprio poema. Ou, em outras palavras, é a concretização do abstrato que é a matéria do poema.

Eis o segundo texto, que faço seguir da tradução de Guilherme de Almeida:

Les pas

Tes pas, enfants de mon silence,
Saintement, lentement placés,
Vers le lit de ma vigilance
Procèdent muets et glacés.

Personne pure, ombre divine,
Qu'ils sont doux, tes pas retenus!
Dieux!... tous les dons que je devine
Viennent à moi sur ces pieds nus!

Si, de tes lèvres avancées,
Tu prépares pour l'apaiser,
A l'habitant de mes pensées,
La nourriture d'un baiser,

Ne hâte pas cet acte tendre,
Douceur d'être et de n'être pas,
Car j'ai vécu de vous attendre,
Et mon coeur n'était que vos pas.

Os passos

Filhos do meu silêncio amante,
Teus passos santos e pausados,
Para o meu leito vigilante
Caminham mudos e gelados.

Que bons que são, vulto divino,
Puro ser, teus passos contidos!
Deuses!... os bens do meu destino
Me vêm sobre esses pés despidos.

Se trazes, nos lábios risonhos,
Para saciar o seu desejo,
Ao habitante dos meus sonhos,
O alimento feliz de um beijo,

Retarda essa atitude terna,
Ser e não ser, dom com que faço
Da vida a tua espera eterna,
E do coração o teu passo.

Aqui, neste poema, o caso é diverso: a própria escritura, jogando de modo magistral com as hesitações entre som e sentido (como queria o Valéry de *Tel Quel*: "Le poème — cette hesitation prolongée entre le son et le sens"), opera a rasura da diferença entre concreto e abstrato.

Entre os sons surdos, na primeira estrofe, iconicizando a lentidão e a espera semânticas, e os sons agudos, na segunda, sinalizando a exaltação ansiosa do eu lírico, instaura-se um intervalo de sentidos que compete ao leitor preencher. Não entre concreto e abstrato mas a partir da absorção da rede metafórica que se vincula aos passos desde o primeiro verso: "Tes pas, enfants de mon silence".

Entretanto, entre este "silence" e a "vigilance", do terceiro verso, é criada uma primeira tensão básica para a leitura posterior do poema, ainda mais acentuada pela indeterminação do primeiro verso da segunda estrofe: "Personne pure, ombre divine". De fato, nem mesmo a aproximação que está na terceira estrofe, cuja objetividade é matizada pela figura alegórica do desejo que se insinua no terceiro verso ("A l'habitant de mes pensées"), desfaz aquela indeterminação.

Pessoa ou vulto, portadora de um beijo tranqüilizador do desejo, ou do "alimento feliz de um beijo", na correta versão de Guilherme de Almeida, entre uma e outro, o leitor recolhe do poema aquilo que é, ou foi, linguagem da poesia, com a qual, de qualquer modo, o poeta dialoga. E quer continuar dialogando, como está dito na estrofe final.

Nesta, através de um admirável trabalho aliterativo, com um leve retorno aos sons surdos da primeira estrofe, já a partir do insuperável primeiro verso ("Ne hâte pas cet acte tendre"), soberbamente traduzido por Guilherme de Almeida, o poeta parece resolver a indeterminação pelo uso do paradoxo, sobretudo no segundo verso, em que a partícula francesa de negação pluraliza o objeto do poema: "Douceur d'être et de n'être pashesitações de".

Deste modo, é a linguagem da poesia, de que o poema é expressão particular, que instaura o intervalo da leitura possível. Ou, dizendo em outras palavras, é, pelo poema, por entre as "hesitações"de sons e sentidos do poema, que o leitor encontra o caminho de volta para a linguagem da poesia.

Eis, finalmente, o terceiro e último texto, com a tradução para o português de Leyla Perrone-Moisés:

La ceinture

Quand le ciel couleur d'une joue
Laisse enfin les yeux le chérir
Et qu'au point doré de périr
Dans les roses le temps se joue,

Devant le muet de plaisir
Qu'enchaîne une telle peinture,
Danse une Ombre à libre ceinture
Que le soir est près de saisir.

Cette ceinture vagabonde
Fait dans le souffle aérien
Frémir le suprême lien
De mon silence avec ce monde...

Poesia e abstração em Paul Valéry

Absent, présent... Je suis bien seul,
Et sombre, ô suave linceul.

O Cinto

Quando o céu como uma face
Entrega-se enfim ao olhar
E no áureo desenlace
O tempo em rosas vai passar,

Em frente ao mudo prazer
Oferto por tal pintura,
Dança a Sombra em cintura
Que a noite vai recolher.

Esse cinto vagabundo
No sopro aéreo desata
O laço supremo que ata
Meu silêncio a esse mundo...

Ausente, presente... Estou só.
E sombrio, ó suave sudário.

Dos três textos escolhidos de Paul Valéry, este é, sem dúvida, aquele que mais distende as relações entre abstrato e concreto, tornando, por isso mesmo, mais diáfanas as significações, não obstante o peso sensual de uma cintura desnuda que dança na penumbra do entardecer.

Na verdade, toda a primeira estrofe, assim os dois primeiros versos da segunda, completam um ciclo temporal de linguagem que extrai suas imagens da tópica clássica, às vezes invertendo os termos tradicionais, como está, por exemplo, no verso "Dans les roses le temps se joue".

Mas o espectador do tempo sabe que está diante de uma pintura e, portanto, de um espaço, cujo movimento procura apreender com os últimos versos da segunda estrofe:

> *"Danse une Ombre à libre ceinture*
> *Que le soir est près de saisir".*

É realmente notável como o aparecimento da sombra em movimento é, por assim dizer, assegurado pelos versos anteriores, ao mesmo tempo que projeta o texto para diante, criando uma espécie de segundo movimento que se inicia precisamente com os dois últimos versos da segunda estrofe. E é um segundo movimento em que o básico parece ser o tratamento da experiência por que passa o eu lírico, até então, como está dito na estrofe anterior, "muet de plaisir".

De fato, é essa presença em movimento, "vagabonde", origem do poema, qual uma Sílfide, que faz a linguagem do poema buscar a linguagem da poesia, rompendo o silêncio do poeta.

Desta maneira, a linguagem do poema passa a ser uma abstração da linguagem da poesia para que, nos intervalos, o leitor possa ler o concreto da experiência.

Como se pode ver, diametralmente contrário do que ocorria no poema anterior, *Les pas* e, em parte, no primeiro texto, *La dormeuse*. O que reune os três textos, no entanto, é a realização da poesia, a concretização do que Valéry chama de "estado poético", como abstração da linguagem, muito de acordo com o que está no ensaio *Poésie et pensée abstraite* como que se iniciou a leitura desses três poemas.

De fato, não se trata de um uso abstrato da linguagem mas da criação de um espaço — o espaço poético — em que a reordenação dos valores da linguagem implica na criação de "uma linguagem dentro da linguagem", como diz o poeta; nem um uso prático, que termina pela compreensão da linguagem utilizada.

"E, ao contrário, completa Valéry, tão logo essa forma sensível adquire, através de seu próprio efeito, uma importância tal que se imponha e faça-se respeitar; e não apenas observar e respeitar, mas desejar e, portanto, retomar — então alguma coisa de novo se declara: estamos insensivelmente transformados e dispostos a viver, a respirar, a pensar de acordo com um regime e sob leis que não são mais de ordem prática — ou seja, nada do que se passar nesse estado estará resolvido, acabado, abolido por um ato bem determinado. Estamos no universo poético".

É precisamente esta caracterização que permite a Valéry fazer a afirmação seguinte que aponta, sem dúvida, para a leitura do poema como contínua releitura:

> *O poema, diz ele, não morre por ter vivido: ele é feito expressamente para renascer de suas cinzas e vir a ser indefinidamente o que acabou de ser. A poesia reconhece-se por esta propriedade: ela tende a se fazer reproduzir em sua forma, ela nos excita a reconstituí-la identicamente.*

Eis aí, portanto, alguns parâmetros de reflexão sobre a leitura da literatura: atento para os intervalos da composição, entre o concreto da experiência, que a informa, e a abstração da linguagem que, ao mesmo tempo, limita e amplia a expressão dela, o leitor interage vivamente com o texto à medida que não apenas lê decifrando, mas desconstroi o cifrado pelo movimento de releitura.

Está claro que, neste sentido, a leitura termina por exigir do leitor não apenas a experiência do texto que está sendo lido (sobre o qual não se deve descartar todo o trabalho de *explication* essencial para a decifração), mas uma convivência com a própria linguagem da poesia para que se possa avaliar o trabalho realizado pelo autor do texto em pauta. Ou, para lembrar trecho iluminador de Northrop Frye, *Yeats and the language of Symbolism*, contido em suas *Fables of identity*:

> *Ao ler qualquer poema, devemos conhecer, ao menos, duas linguagens: a linguagem em que o poeta está escrevendo e a da própria poesia. A primeira está nas palavras utilizadas pelo poeta, a última nas imagens e idéias que estas palavras expressam.*

Na verdade, este conhecimento da própria linguagem da poesia, a que se refere Frye, é um conhecimento também histórico, cultural, histórico-literário e, por isso, a leitura interagente da literatura, necessariamente intra e intertextual (a que Wolfgang Iser vem chamando, em seus dois últimos livros, *Prospecting* e *The fictive and the imaginary*, de "antropologia literária"), ao mesmo tempo que obriga a repensar algumas modificações essenciais no paradigma crítico (dentre as quais, a mais importante, talvez, seja mesmo o retorno tautológico à leitura), impõe ao ensino da literatura uma necessidade interdisciplinar cada vez maior.

Ler na literatura o que é literatura, mas nos intervalos das relações com aquilo que não é (elementos sociais, históricos, psicológicos), inclusive a literatura e as artes como matérias para a literatura. Neste movimento, desaparecem distinções possíveis entre leitura, ensino e crítica da literatura. É o domínio do leitor de intervalos.

PAUL VALÉRY E A *COMÉDIA INTELECTUAL*

A Editora Gallimard começou, em 1987, a publicar integralmente o texto dos *Cahiers*, de Paul Valéry (1871-1945).

Os cinco volumes já editados, o último dos quais é de 1994, abrangem apenas o período entre 1894 e 1914, o que significa que ainda faltam trinta e um anos de escrita ininterrupta, pois as últimas anotações do autor foram feitas às vésperas de sua morte em 20 de julho de 1945.

Publicar integralmente significa não apenas a edição do texto completo — o que não acontecia com a utilíssima edição, em dois volumes, na Bibliothèque de la Pléiade da Gallimard, entre 1973 e 1974 —, como ainda a reprodução das numerosas ilustrações do próprio Valéry para as suas anotações diárias.

Mas os *Cahiers* não são diários de acontecimentos biográficos em que a vida pessoal do autor seja revelada ao leitor curioso. São, antes, notas fragmentárias de uma reflexão, de uma inteligência que, sem descanso, buscava, pela escrita, relações de analogia entre os campos de conhecimento os mais diferentes: psicologia, matemática, física, biologia, fisiologia, poética, história, política, literatura.

Por isso mesmo, não é de espantar que, em 1983, fosse publicado, em Paris, organizado por Judith Robinson-Valéry, nora do poeta e editora dos dois volumes da Pléiade mencionados, um volume que, sob o título de *Fonctions de l'esprit*, trazia textos de *treze sábios*, como está dito no subtítulo, que *redescobriam* Paul Valéry. E estes "sábios" não eram críticos literários ou poetas mas físicos, neurologistas, matemáticos, fisiologistas, filósofos, um Prêmio Nobel de Química, Ilya Prigogine, ou o teórico do Caos, René Thom.

Leitores de Valéry, ou mesmo um interlocutor, como é o caso do neurologista Ludo van Bogaert, antigo presidente da Federação Mundial de Neurologia, todos são unânimes em afirmar a atualidade de Valéry, sobretudo o dos *Cahiers*, para as suas áreas específicas de atuação.

No mesmo ano em que começava as anotações para os *Cahiers*, 1894, e que, depois, somarão um conjunto de 29 volumes (publicados numa edição em fac-símile pelo CNRS entre 1957 e 1961 e que existem na Biblioteca Municipal Mário de Andrade, em São Paulo), Valéry redigia duas outras obras: *Introduction a la méthode de Léonard de Vinci*, publicada em 1895, e *La soirée avec Monsieur Teste*, de 1896.

Na primeira, além de revelar o seu aprendizado com o pensamento, por assim dizer, analógico de Da Vinci, em que arte e ciência confluem nas anotações especulares do artista italiano, e este será o modelo do próprio Valéry para os *Cahiers*, estabelecia uma maneira de ler autores e obras, em que o que se procurava era antes uma ação poética do que uma personalidade criadora, que será essencial para o futuro autor dos cinco volumes de *Variété*.

Quer a leitura de Da Vinci, quer as leituras que fazia de Poe e Mallarmé ou Descartes, tanto quanto a sua própria atividade como poeta, convergem para a criação ficcional de Teste, a primeira expressão, em prosa, pois já havia escrito e publicado o seu primeiro poema de uma série de textos sobre Narciso (*Narcise parle*), daquilo que uma sua estudiosa, Elizabeth Sewell, chamou de *mente no espelho*. Quer dizer: expressão de uma mente em busca implacável de consciência, embora sabendo das inconstâncias e variáveis nas relações entre o inteligível e o sensível. Mais tarde, Valéry falará de uma *Comédia Intelectual* que viesse se juntar, para ele com vantagem, às de Dante e Balzac: certamente o *Monsieur Teste* seria um capítulo fundamental desse projeto apenas sonhado.

Creio que a primeira vez que aparece, na obra de Valéry, uma referência a essa *Comédia*, está precisamente no texto sobre Da Vinci, *Note et digression*, de 1919:

> *Eu via nele* (Leonardo) *o personagem principal desta Comédia Intelectual que não encontrou até aqui o seu poeta, e que seria para meu gosto bem mais preciosa ainda do que* A comédia humana, *e mesmo do que* A divina comédia.

E a última referência, bem mais explícita e elaborada, está no ensaio-conferência sobre Voltaire de 1944:

> *Acontece-me muito freqüentemente sonhar com uma obra singular, que seria difícil de fazer, mas não impossível, que alguém algum dia fará, e que teria lugar no tesouro de nossas Letras, junto à* Comédia humana, *de que seria um desejável desenvolvimento, consagrada às aventuras e às paixões da inteligência. Seria uma Comédia do Intelecto, o drama das existências dedicadas a compreender e a criar. Ver-se-ia ali que tudo o que distingue a humanidade, tudo o que a eleva um pouco acima das condições animais monótonas é a existência de um número restrito de indivíduos, aos quais devemos o que pensar, como devemos aos operários o que viver.*

Antes da publicação do ensaio sobre Leonardo, da criação de Teste e das primeiras anotações dos *Cahiers*, tudo acontecendo entre os anos de 1894 e 1896, Valéry havia já publicado, em revistas como *Conque, Centaure, Syrinx, Ermitage* e *Plume*, poemas, ou *ensaios de poemas*, como ele preferia chamá-los, e que depois, alguns, serão reunidos em sua primeira coletânea de poesias, *Album de vers anciens 1890-1900*, somente publicada em 1920.

Poemas como *La Fileuse, Au bois dormant, Le bois amical, Narcisse parle, Sémiramis* ou *L'Amateur de poèmes*, sobre os quais discutia, lia e relia para os seus amigos parisienses Pierre Loüys e André Gide, enquanto ainda vivia em Cette (depois Sète), conforme atestam as numerosas e intensas correspondências trocadas entre os três amigos. (A correspondência com André Gide, organizada, editada e profusamente anotada por Robert Mallet e publicada pela Gallimard em 1955, é de enorme importância para o estudo da evolução dos dois autores.)

Mas é também desse período anterior à data-chave de 1894, não apenas o primeiro ensaio de Valéry, *Sobre a técnica literária*, na verdade uma leitura da poética de Poe, de 1889, mas só revelado ao público postumamente, em 1946, graças às incansáveis pesquisas de Henri Mondor, como ainda traduções de um soneto de Dante e de uma canção de Petrarca, ambas sob o pseudônimo de M.D. na revista *Chimère*, em 1892, conforme informação da filha do poeta Agathe Valéry-Rouart na indispensável *Introduction*

Biographique que escreveu para a edição, em dois volumes, das *Oeuvres* de Valéry, na Bibliothèque de la Pléiade, publicados em 1957 e 1960.

Não será a última vez que Paul Valéry enfrentará a tradução de autores clássicos: nos derradeiros anos de sua vida, mais precisamente entre 1942 e 1944, trabalhará na tradução das *Bucólicas*, de Virgílio, cuja publicação será precedida de uma notável introdução sobre os problemas gerais da tradução de poesia.

Aliás, esta tradução, juntamente com o drama *Mon Faust*, constituído pelas cenas *Lust* e *Le solitaire*, escrito em 1940, assim como a finalização do poema *L'Ange*, de 1945, formarão o conjunto daquilo que de mais importante escreveu Valéry na última década de sua existência, deixando-se de lado alguns textos de circunstância, conferências ou prefácios, que continuou proferindo ou escrevendo até os seus últimos dias. Por outro lado, entretanto, sabe-se hoje que é também de 1889 — data de seu primeiro ensaio, como já se disse — um esboço de conto realizado por Valéry, o *Conte vraisemblable*, publicado somente em 1957 por Octave Nadal.

Na verdade, onze desses contos, que permaneceram inéditos, foram reunidos no volume *Histoires Brisées* e publicados pela Gallimard em 1950.

Deste modo, hoje é possível ter uma imagem mais complexa do Paul Valéry dos primeiros anos de atividade criadora: tanto o poeta dos *ensaios de poemas* que comporão o *Album de vers anciens* ou o tradutor de poesias quanto o ensaísta de *Leonardo* ou o ficcionista dos contos ou do *Monsieur Teste*.

Depois da publicação desta última obra, em 1896, e já residindo em Paris desde 1894, se inicia, para Valéry, um longo período de silêncio poético mas não de reflexões, como dão prova as páginas dos *Cahiers*, abrigando, sem interrupção, suas inquietações intelectuais, ou mesmo um texto importante e premonitório, como *La conquête allemande* (depois republicado com o título de *Une conquête méthodique*), sobre o crescente expansionismo germânico, de 1897.

Das anotações dos *Cahiers*, por outro lado, surgirão os vários textos de reflexões e aforismos publicados nos anos 20 e 30 e depois constituindo os dois volumes de *Tel Quel*, editados em 1941 e 1943, respectivamente, como, por exemplo, o *Cahier B 1910*, de 1924.

Paul Valéry e a Comédia Intelectual

Todo o período de vinte anos de silêncio poético e de intensa reflexão é, ao menos publicamente, rompido com a publicação, em 1917, do poema *La jeune parque*.

É provável que o poema tenha sido iniciado em 1912 sob a pressão da Gallimard, sobretudo através de Gide, para que Valéry reunisse, em volume, a sua obra já publicada, incluindo-se aí tanto as poesias iniciais quanto o ensaio sobre Leonardo ou a ficção de Teste, conforme uma carta de André Gide de 31 de maio de 1912, a que ele acrescentava ainda a hipótese de Valéry incluir o ensaio de 1897 sobre o expansionismo alemão.

Na verdade, foi lendo e relendo os seus textos iniciais, aqueles *exercícios de poemas*, a que tantas vezes se refere, que Valéry foi, aos poucos, e durante os cinco anos seguintes, meditando e compondo os versos do poema, do longo poema, de 1917. (Diga-se, entre parênteses, que do poema existe uma notável tradução brasileira realizada por Augusto de Campos, incluída no livro *Linguaviagem*, editado pela Companhia das Letras em 1987.) Embora, na dedicatória do poema a André Gide, fale de *La jeune parque* como *exercício*, a publicação do texto foi de importância decisiva para a imagem do poeta: recebido com enorme entusiasmo pelos que se dedicavam à poesia e à literatura, lido em diversas sessões públicas, resenhado favoravelmente pela crítica especializada, o poema modificou a vida do poeta.

Por um lado, assegurou a Valéry uma, por assim dizer, personalidade pública, fazendo aumentar o círculo daqueles leitores interessados pela sua obra anterior, e, por outro, levando o próprio poeta a rever os seus textos, os vinte e um poemas, que comporão o *Album* publicado em 1920.

Mais do que isso, no entanto, o poema realizava a sutura de tudo o que havia sido central em sua existência, fosse a escrita dos ensaios, das anotações para os *Cahiers*, das ficções e dos *exercícios de poemas* e das próprias reflexões que sustentavam todas aquelas atividades.

Neste sentido, é muito interessante o depoimento do próprio Valéry a Frédéric Lefèvre, em *Entretiens avec Paul Valéry* a respeito da origem do livro de 1920. Diz o poeta:

> *Fez-se datilografar os vários pequenos poemas que repousavam nas revistas de outrora e eu me encontrei na presença de meus antigos versos*

que eu considerava com·um olho desabusado e infinitamente pouco complacente. Divertia-me em modificá-los com toda a liberdade e o distanciamento de um homem que estava desde muito tempo habituado a não mais se inquietar com a poesia. Retomei um certo gosto com este trabalho de que havia perdido a prática e veio-me a idéia de fazer uma última peça, uma espécie de adeus a estes jogos da adolescência... Foi a origem de La jeune parque.

Deste modo, definido como *exercício* na dedicatória a Gide ou pensado como despedida a um certo tipo de poesia, o poema era submetido a rigorosas exigências formais a fim de traduzir tudo aquilo que o longo silêncio poético e as intensas meditações foram sedimentando como desafio intelectual para a continuidade da atividade criadora.

Na verdade, os 512 versos alexandrinos, de rimas emparelhadas e as estrofes irregulares se, por um lado, deixam entrever uma construção rítmica e semântica de grande coesão, por outro lado, não escondem a estrutura fragmentária do poema — já se tem dito que o poema é constituído de três partes incluindo dezesseis fragmentos — obrigando a uma leitura também fragmentária que, por sua vez, instaura uma *outra* referencialidade: aquela que imprime no leitor a sensação de que cada verso, cada relação entre palavras, cada conquista sonora, tem um valor de sentido sempre pressentido, sempre adiado, mas sempre presente como possibilidade de linguagem. E este valor se define porque o poema se oferece, desde o início, como pergunta sobre o gesto primeiro do próprio poema: a consciência que se indaga sobre si mesma pela voz da *Jovem Parca*, e por isso se divide, é uma consciência de linguagem, arrastando para o espaço do poema o sentido da perda de referencialidade.

Entre a "Harmonieuse MOI" e a "Mystérieuse MOI" (que Augusto de Campos, com enorme acerto, verte por "Harmoniosa MIM" e "Misteriosa MIM", respeitando a fuga de Valéry do "odioso Eu"), que traduzem aproximadamente razão e emoção, ou seja, entre morte e vida, cuja sucessão só se explica e se justifica pela apreensão num espaço de linguagem, o poema instaura um intervalo, *é* um intervalo em que os vários e contraditórios *mins* encontram repouso num *MIM* de diálogo e de aceitação da existência.

Sendo assim, se a Parca remete à morte e suas tessituras, a *Jovem Parca* é ainda um momento de incerteza, de preparação entre a vida e a morte, e termina traduzindo o gesto poético pelo qual é também traduzida.

Neste sentido, a *Jovem Parca* é mais do que um mito para o poema: é o próprio poema.

Da mesma maneira que o Cisne de Mallarmé, no soneto *La vierge, le vivace et le bel aujourd'hui*, deixou de ser uma metáfora para o poeta e para o poema, como o era no poema de Baudelaire *Le cygne*, assim o mito clássico, em Valéry, é transformado em estratégia para a pergunta essencial pelo início do poema — traço característico das obras que, no século XX, pretendem continuar a prática da poesia ou da literatura.

Eis, portanto, a medida mais íntima da importância de *La jeune parque* para a imagem e a vida do poeta: aquilo que era declaradamente um adeus a experiências poéticas anteriores é também, *et pour cause*, o começo de uma linguagem pessoal de experiências com a criação, envolvendo não somente a realização de novos poemas mas de uma exuberante meditação ensaística sobre ela.

De fato, nos cinco anos que se seguiram à publicação de *La jeune parque*, Valéry não apenas fez aparecer os poemas revistos para o *Album*, como ainda trabalhou nos vinte e um poemas que comporão a sua segunda coletânea: o volume *Charmes*, de 1922.

Dois textos incluídos na coletânea destacam-se pela importância que adquiriram na obra do poeta: *Le cimetière marin*, publicado em *La Nouvelle Revue Française*, em 1920 (de que existem várias traduções brasileiras, a última das quais é a de Jorge Wanderley, de 1974), e *Ébauche d'un serpent*, editado pela mesma revista em 1920 (de que existe tradução brasileira de Augusto de Campos de 1984).

Estes dois poemas dão bem a idéia do patamar a que chegara a realização poética em Valéry: é a linguagem da poesia articulando as regiões mais diversas e contraditórias de uma personalidade, evoluindo entre emoções, sensações, memórias pessoais e culturais e uma aguda consciência reflexiva acerca do próprio fazer poético.

Sejam as presenças da morte e da vida, do tempo e do espaço, do absoluto e do relativo, da imobilidade do cemitério ou do eterno retorno e continuidade do mar, como está no *Cemitério marinho*, sejam as dramáticas situações dos limites e das conseqüências do conhecimento intelectual às voltas com a sensualidade e o desejo, emblematizadas pela figura onipresente da serpente, como no *Ébauche d'un serpent*, tudo é recolhido pelo exercício de uma linguagem poética que se propõe como condição absoluta de uma possibilidade de dizer seja o que for enquanto comunicação, isto é, para repetir uma formulação posterior do poeta, *uma linguagem dentro da linguagem* que, por ser assim, intensifica os valores da experiência.

A frase de Valéry está na conferência proferida na Universidade de Oxford, em 1939, e no mesmo ano publicada como a *The Zaharoff lecture for 1939* sob o título de *Poèsie et pensée abstraite* e que, na verdade, por assim dizer, resumia as suas reflexões sobre os três principais vetores de todas as inquietações intelectuais com que sempre se debateu: poesia, linguagem e pensamento.

Na realidade, era tão pessoal e íntimo o modo de enfrentar as questões a que se propunha na conferência que, num determinado momento, chega a uma formulação iluminadora e lapidar acerca das relações entre teoria e vida pessoal do poeta-pensador. Diz ele:

> *Na verdade, não existe teoria que não seja um fragmento, cuidadosamente preparado, de alguma autobiografia.*

Aliás, todo o ensaio-conferência é assim atravessado por frases lapidares e formulações precisas, complexas e enriquecedoras sobre a comunicação poética, as relações entre pensamento e linguagem, as tensões do trabalho do poeta com a linguagem, etc.

Por outro lado, a origem do ensaio assinala bem a posição então assumida por Valéry no contexto intelectual europeu: um poeta e pensador já reconhecido internacionalmente, passando grande parte de seu tempo em fazer conferências nos centros culturais mais prestigiados, traduzido em todas as línguas de alcance universal, desde, por exemplo, o espanhol de Jorge Guillén ao alemão de R.M. Rilke.

De fato, depois da publicação de *Charmes*, em 1922, e já tendo publicado os dois grandes poemas depois ali incluídos, assim como os diálogos *Eupalinos ou l'Architecte* e *L'Âme et la danse*, de 1921, a figura intelectual de Valéry está consolidada: um poeta para quem importa a

Paul Valéry e a Comédia Intelectual

tradição clássica, mas que não se estiola na repetição de modelos, e um pensador de sua época para quem o desenvolvimento das várias áreas de investigação científica é, por assim dizer, sentido e refletido nas reflexões não apenas sobre a poesia mas ainda sobre o próprio movimento das idéias gerais do tempo.

Este último aspecto fica patente, por exemplo, nas duas cartas que escreveu, em 1919, para o famoso jornal londrino *The Athenaeum* e que, logo depois, foram reunidas sob o título de *La crise de l'esprit* e que se iniciam pela frase célebre com que Valéry apreendia, de modo fulgurante, o estado de ânimo resultante dos primeiros meses da Grande Guerra: *Nós outras, civilizações, nós sabemos agora que somos mortais.*

As duas cartas formarão o texto de abertura do volume *Variété*, de 1924, o primeiro de uma série de cinco, dois dos quais publicados nos anos 20 (o segundo será editado em 1929), que aparecerão até 1944 e que reunirão conferências, prefácios, discursos, ensaios, enfim tudo aquilo que de mais importante foi possível a Valéry preservar em forma mais permanente de livro. O miolo, diga-se assim, de sua atividade de ensaísta que, sem dúvida, tinha a sua origem mais íntima na escritura diária e ininterrupta dos *Cahiers*.

Para compreender a importância ensaística dos dois volumes publicados nos anos 20, basta mencionar os assuntos tratados: no primeiro, além do texto sobre política mencionado, ensaios sobre La Fontaine, teoria da poesia, Poe, Pascal, uma homenagem a Proust e a *Introdução ao método de Leonardo Da Vinci*, seguida de *Note et digression*; no segundo, dois textos sobre Descartes, ensaios sobre Bossuet, Montesquieu, Stendhal, Baudelaire, Verlaine, quatro textos sobre Mallarmé, um sobre Huysmans, texto sobre os Mitos e outro sobre os Sonhos.

Pode-se perceber, portanto, como, juntamente com as peças de criação citadas, os volumes de *Variété* solidificam a imagem pública de Valéry, o que, certamente, concorreu, muito naturalmente, para que, em 1927, fosse eleito para a Academia Francesa, onde ficou célebre e causou controvérsia o discurso que fez sobre o seu antecessor, Anatole France, sem que, em nenhum momento, citasse o nome do velho escritor.

Dos ensaios mencionados de *Variété*, vale a pena, talvez, destacar aquele sobre Baudelaire, que está no segundo volume, intitulado *Situation de*

Baudelaire, originalmente uma conferência proferida em Mônaco em 1924. E talvez valha a pena o destaque porque, naquele ensaio, Valéry configura, de modo preciso, não apenas a importância francesa e européia da publicação de *Les fleurs du mal*, como marca a sua própria filiação a uma vertente da poesia francesa simbolista que seria decorrente da presença de Baudelaire naquela tradição que se inaugurou depois da vasta obra de Victor Hugo: a vertente representada pelos nomes de Verlaine, Mallarmé e Rimbaud. Três poetas para os quais, segundo Valéry, foi decisiva a leitura, e a influência dai resultante, de Baudelaire. E, num movimento de leitura da interioridade das poesias de cada um daqueles poetas e do próprio Baudelaire, diz Valéry:

> [...]o sentido do íntimo e a mistura poderosa e turva da emoção mística e do ardor sensual que se desenvolvem em Verlaine; o frenesi da partida, o movimento de impaciência excitado pelo universo, a profunda consciência das sensações e de suas ressonâncias harmoniosas, que tornam tão enérgica e tão ativa a obra breve e violenta de Rimbaud, estão nitidamente presentes e reconhecíveis em Baudelaire. Quanto a Stéphane Mallarmé, cujos primeiros versos poderiam se confundir com os mais belos e os mais densos das Flores do mal, ele continuou em suas conseqüências mais sutis as pesquisas formais e técnicas de que as análises de Edgar Poe e os ensaios e os comentários de Baudelaire lhe haviam comunicado a paixão e ensinado a importância. Enquanto Verlaine e Rimbaud continuaram Baudelaire na ordem do sentimento e da sensação, Mallarmé o prolongou no domínio da perfeição e da pureza poética.

Como não reconhecer na última afirmação sobre o traço decisivo da importância de Mallarmé a herança com que se teve de haver, para também continuar, Paul Valéry?

Já no importante prefácio que escreveu para o livro de poemas de Lucien Fabre, *La connaissance de la déesse*, publicado em 1920, Valéry abordara a questão da *poesia pura*, considerando-a como um ideal a ser atingido pela própria evolução da linguagem poética a partir de Baudelaire e do Simbolismo: *no horizonte, sempre, a poesia pura... Lá o perigo; lá, precisamente, nossa perda; e lá mesmo, o fim.*

Este texto, que está no primeiro volume de *Variété*, seria melhor reconsiderado no ensaio *Poésie pure. Notes pour une conférence*, publicado em *Calepin d'un poète*, de 1928. E o que é mais importante neste ensaio é o fato de Valéry buscar desfazer o equívoco criado em torno da expressão utilizada no *Prefácio*: propondo que se possa substituí-la por *poesia absoluta*, chama a atenção, sobretudo, para o fato de que não se trata de uma acepção moralista de pureza mas, antes, analítica:

> *A inconveniência deste termo poesia pura é fazer sonhar com uma pureza moral que não está aqui em questão, sendo a idéia de poesia pura, ao contrário, para mim, uma idéia essencialmente analítica.*

Os esclarecimentos de Valéry visavam aqueles que viram no termo e no conceito uma posição desdenhosa do poeta com aquilo que a poesia possa vir a comunicar em termos de conteúdo e, no entanto, o mesmo tipo de incompreensão continuou depois, sem que se atentasse para uma frase lapidar de Valéry que se encontra no mesmo *Calepin*:

> *LITERATURA. O que é a "forma" para todo mundo, é o "fundo" para mim.*

Ou mesmo este outro aforismo do mesmo livro:

> *POETA. Tua espécie de materialismo verbal. Tu podes considerar* **do alto** *romancistas, filósofos, e todos aqueles que são submetidos à palavra pela credulidade; — que devem crer que seu discurso é real por seu conteúdo e significa alguma realidade. Mas tu, tu sabes que o real de um discurso são as palavras, somente, e as formas.*

A mesma atitude analítica defendida pelo poeta nesses textos está também em outro, *Propos sur la poésie*, inicialmente uma conferência na Université des Annales, em 1927, e, no ano seguinte, publicado em opúsculo.

Em todos, a fundamental articulação entre idéias gerais acerca da estrutura da poesia e a paciente e atenta análise das relações entre linguagem, poesia e poeta, tudo a partir de sua própria experiência com a escrita ininterrupta dos *Cahiers.*

Uma espécie de materialismo lingüístico fundado na experiência com os deslocamentos incessantes entre som e sentido, limites e possibilidades da atividade poética.

Por isso, naquela conferência de 1927, ao tratar da questão essencial da comunicação pela poesia, podia afirmar:

> *[...] o poema não morre por ter servido; ele é feito expressamente para renascer de suas cinzas e voltar a ser indefinidamente o que acabou de ser. Reconhece-se a poesia por esse efeito notável, pelo qual poderia ser definida: ela tende a reproduzir-se em sua forma, instiga nossos espíritos a reconstituí-la tal e qual. Se me fosse permitida uma palavra extraída da técnica industrial, diria que a forma poética se recupera automaticamente.*

Tal e qual: a reflexão *en abîme* não mais deixará Valéry. Seja na composição dos poucos poemas dos anos 30 e 40, seja na realização dos melodramas *Amphion* e *Sémiramis*, seja na recuperação do mito faústico em *Mon Faust*, seja, enfim, nas muitas coletâneas de ensaios, como os três volumes de *Variété*, os dois de *Tel Quel*, o volume de ensaios políticos *Regards sur le monde actuel* ou aquele sobre artes, *Pièces sur l'art.*

Por outro lado, esta qualidade da reflexão valéryana é também responsável pela característica fragmentária de seus textos: uma busca obsessiva que implica na repetição e que chega a beirar o solipsismo.

Por isso, já se disse, e creio com razão, que, talvez, o melhor Valéry nunca esteja onde se está lendo: cada um de seus textos faz pensar noutro texto e obriga à releitura.

Personagem e autor implícito daquela Comédia Intelectual com que sonhava desde, pelo menos, 1919, nas duas últimas décadas de sua vida, Valéry revela-se ele próprio um sujeito fragmentário, existindo, por um lado, entre o decoro acadêmico, a fama internacional e a recepção generalizada como um poeta neoclássico e, por outro, como o secreto autor dos *Cahiers*, conhecido aqui e ali por volumes contendo extratos daquele trabalho de Sísifo, ou o teórico do anarquismo (somente revelado com a

Paul Valéry e a Comédia Intelectual

publicação, graças a seu filho François Valéry, do livro *Os princípios da anarquia pura e aplicada*, em 1984).

Creio que quem melhor apreendeu as dualidades de Valéry, sobretudo aquelas explicitadas em seus últimos anos, foi o crítico norte-americano Roger Shattuck.

Na verdade, num ensaio em que busca caracterizar aquelas dualidades, sugestivamente intitulado *Paul Valéry: Sportsman and Barbarian*, incluido no livro *The innocent eye*, Shattuck reflete, por um lado, acerca da possibilidade de conciliação entre o autor *difícil*, aquele que tinha a *poesia pura* como horizonte ideal de atividade e o autor das inscrições murais no Palais de Chaillot, o Museu do Homem, realizadas em 1937, precisamente o ano em que foi feito o primeiro ocupante da Cadeira de Poética do prestigioso Collège de France, e, por outro, o escritor para quem, em suas próprias palavras, *no futuro, o papel da literatura será próximo ao de um esporte*.

No primeiro caso, as quatro estrofes de cinco versos, escritas com a concisão e a objetividade próprias à ocasião, conservam, no entanto, a austeridade do verso à maneira clássica de que as duas estrofes iniciais podem servir de exemplo:

> *Il depend de celui qui passe*
> *Que je sois tombe ou tresor*
> *Que je parle ou me taise*
> *Ceci ne tient qu'a toi*
> *Ami n'entre pas sans desir*
>
> *Tout homme crée sans le savoir*
> *Comme il respire*
> *Mais l'artiste se sent créer*
> *Son acte engage tout son être*
> *Sa peine bien-aimee le fortifie*

Comentando o conjunto das inscrições, diz Shattuck:

> *Estas vinte linhas declaram o que nem sempre é fácil de discernir lendo seu verso belamente cinzelado: Valéry não pode ser classificado*

como o último grande devoto da arte pela arte. Esta ocasião bastante institucional permitiu a Valéry ficar completamente à vontade na fronteira sem mapa que liga o jornalismo à poesia, eleva os sentimentos a intimidades, o espírito criativo ao ato público, o corpo à mente.

De fato, a disposição para utilizar a linguagem da poesia com uma função que a aproxima da propaganda, embora buscando conservar os seus valores de poeticidade, retira Valéry do nicho em que parecia ter sido colocado para sempre, ou seja, daqueles poetas avessos a uma comunicação mais direta com o público.

Por outro lado, a concepção da literatura, para o futuro, como um jogo, não é tão corriqueira quanto possa parecer.

Na verdade, e neste sentido muito próximo das reflexões de um grande pensador seu contemporâneo, o filósofo Wittgenstein, como já se reconheceu, para Valéry o jogo da arte tem antes que ver com a própria interioridade dos fundamentos da linguagem e suas relações com o pensamento.

Desse modo, diz Shattuck, *a arte não como um supremo valor espiritual ou uma nova crença, nem como algo puramente decorativo ou sem propósito. Antes a arte, competindo com as forças reais e as promessas da ciência, se tornará um valioso exercício de atos mentais, um processo cujos produtos estão atrás da marca, exceto à medida que melhoram, ampliam e ultrapassam o jogo. Todos podemos jogar e ele traz grande alegria. Naturalmente, os verdadeiros profissionais como Valéry são bastante raros. Quando eles jogam vale a pena assistir porque assistir a uma jogada tão perfeita é participar. O espectador verdadeiramente ativo saberá, de saída, que, como o artista e o criminoso, ele é tanto o efeito como a causa de suas obras.*

Entre o *bárbaro*, para quem a poesia podia ter uma função pragmática que a afastava dos horizontes ideais da *pureza* e do absoluto, e o *esportista* do futuro, jogando com a seriedade das regras estritas da linguagem, Valéry manteve a postura levemente dramática, levemente cômica, de quem se sabia contraditório.

Paul Valéry e a Comédia Intelectual

Um crítico recente chega a apontar a ironia de, ao mesmo tempo, ter sido o último poeta a ter honrarias nacionais quando de seu sepultamento e ser, no essencial, isto é, naquilo que, secretamente, trabalhava sem cessar nos *Cahiers*, um desconhecido para o leitor médio de seu tempo. Um autor que, vindo do século XIX, nascendo no momento mesmo da Guerra Franco-Prussiana, vivendo as duas Guerras Mundiais do século XX, projeta-se, como já observou Italo Calvino, para o pórtico do próximo milênio.

Quando, quem sabe, será um capítulo decisivo daquela tão sonhada *Comédia Intelectual* a escrever.

VARIAÇÕES SOBRE *EUPALINOS*

Valéry sabia valorizar a tipografia.

Conta Jorge Guillén, que conheceu e freqüentou o poeta nos anos 20, que, sobre uma mesa destacada em sala de sua casa na Rue de Villejust, estava sempre exposta uma edição das obras completas de Racine realizada pelo grande Bodoni.

Não são poucas as referências de Valéry a belas edições e o próprio poeta teve algumas vezes o privilégio de ser editado de forma especial, a última das quais talvez seja a do texto, até então inédito, *Alphabet*, publicado pelo editor Blaizot da famosa Librairie Auguste Blaizot do Faubourg Saint-Honoré, especialista em bibliofilia e "beaux-livres".

Não é de surpreender para quem, como Valéry, a experiência com a poesia esteve sempre acompanhada pelo exercício da pintura, sobretudo a aquarela, de que nos deixou exemplos interessantes como ilustrações para algumas das numerosas páginas dos *Cahiers*, tendo, inclusive, experimentado a escultura na realização de uma cabeça do pintor Degas que, segundo sua nora, estudiosa e editora Judith-Robinson Valéry, ainda se encontra na casa parisiense de seu filho Claude, já falecido, com quem ela era casada.

É claro que tudo isso se refere apenas a experiências de ordem pessoal, não se desprezando o próprio fato de que, desde os seus inícios, Valéry esteve sempre inclinado à meditação sobre os fundamentos das artes visuais e suas relações com o pensamento e a linguagem, como o demonstra, de modo admirável, a sua composição, de enorme complexidade para um jovem mal-entrado nos vinte anos, acerca de Leonardo da Vinci.

Pensada e escrita nos inícios dos anos 90, juntamente com as páginas iniciais daquilo que viria a ser o ciclo magistral do *Monsieur Teste*, a *Intro-*

duction à la méthode de Léonard de Vinci, assim como a ficcionalização da inteligência em Teste, é também uma introdução ao método de Paul Valéry, seja o que for o que se entenda por método. Na base, todavia, estava aquela indissolubilidade entre o sensível e o inteligível que ele apreendia tanto no "hostinato rigore" de Leonardo quanto no princípio de consistência elaborado e defendido por Poe em *Eureka*. Tratava-se daquela "lógica imaginativa", que se funda no encontro de relações "entre coisas cuja lei de continuidade nos escapa", percebida quer por Leonardo, quer por Poe — cuja idéia da obra de arte como uma máquina "destinada a excitar e a combinar as formações individuais" é citada ao fim da *Introduction* —, num movimento analógico vertiginoso, ou "vertigens da analogia", como diz o próprio Valéry.

Mas o Poe desses anos iniciais é ainda o da *Filosofia da Composição*, aquele que dominava a admiração de Valéry pela confiança no poder do pensamento e da consciência sobre os imponderáveis da sensibilidade, conforme ele próprio revela no primeiro ensaio que escreveu, em 1889, intitulado "Sobre a técnica literária".

Trinta e dois anos mais tarde, em 1921, escrevendo a introdução para a tradução francesa de *Eureka*, fará referências àqueles encontros de juventude com a obra do poeta norte-americano: "J'avais vingt ans, et je croyais à la puissance de la pensée". E de como a obra de Poe vinha preencher uma lacuna que ele detectava na tradição francesa da poesia: "Lucrèce, ni Dante, ne sont Français. Nous n'avons point chez nous de poètes de la connaissance". Estes seriam, para ele, aqueles poetas que realizariam "obras de grande estilo e de uma nobre severidade, que dominam o sensível e o inteligível".

É do mesmo ano, 1921, a publicação de *Eupalinos* na revista *Architectures*, um volume monumental, com tiragem de 500 exemplares, e trazendo a seguinte especificação: "Recueil publié sous la direction de Louis Süe et André Mare, Comprenant un dialogue de Paul Valéry et la présentation d'ouvrages d'architecture, décoration intérieure, peinture, sculpture et gravure contribuant depuis mil neuf cent quatorze à former le style français, Éditions de la Nouvelle Revue Française, 1921". A data de publicação é importante: trata-se de período em que Valéry não apenas intensifica o movimento de grande criatividade que iniciara em 1917, com a publicação do admirável *La jeune parque*, mas organiza o livro de sua maturidade poética, *Charmes*, que será publicado no ano seguinte.

Sendo assim, este "Dialogue des morts", como era chamado o texto em sua primeira publicação, é obra da maturidade do poeta e sua origem "de encomenda", como acontecia com muitos outros textos do poeta, é assinalada nas preciosas entrevistas concedidas por Valéry a Frédéric Lefèvre: "*Eupalinos* ou *l'Architecte* m'a été commandé par la revue *Architectures*, que fixa même le nombre de lettres (115.800) que devait avoir mon essai. Un critique récemment, trouvait ce dialogue trop long. On voit que sa longueur n'est pas de moi".

A fixação do número de caracteres pelos editores talvez seja mesmo responsável pela forma de diálogo adotada por Valéry: para se adaptar àquele número, além de possíveis cortes efetuados nas provas tipográficas (e o poeta refere-se a eles em carta a Dontenville de 1934: "Les vastes feuilles d'épreuves que je reçus me firent l'étrange impression de tenir un ouvrage du XVIᵉ siècle et d'être mort depuis quatre cents ans"), o diálogo permitia a interrupção ou a continuidade ali onde fosse necessário ajustar-se ao número de letras exigido pela composição tipográfica.

De fato, na mesma carta a Dontenville, referindo-se ao limite rigoroso dos 115.800 caracteres, ou "signes", como prefere Valéry, diz ele: "Cette rigueur, d'abord étonnante et rebutante, mais exigée d'un homme assez accoutumé à celle des poèmes à forme fixe, l'a fait songer d'abord; trouver ensuite que la condition singulière à lui proposée pouvait être assez aisément satisfaite en employant la forme très élastique du *Dialogue*. (Une réplique insignifiante, introduite ou supprimée, permet, par quelques tâtonnements, de remplir des conditions métriques fixées.)".

É claro que a urgência tipográfica explica apenas em parte a adoção da forma "Diálogo", sobretudo este, habitado por personagens platônicos, tais como Sócrates e Fedro. A sua razão mais profunda está, sem dúvida, na convivência de Valéry com a cultura clássica, embora tenha sempre se manifestado modestamente acerca de seus conhecimentos rudimentares do Grego e do Latim. (O que não o impedirá, diga-se entre parênteses, de traduzir, de modo admirável, no fim da vida, os versos virgilianos das *Bucólicas*.)

Na verdade, em seus poemas mais importantes, desde *La jeune parque* e alguns textos que compõem o *Album de vers anciens* até o conjunto de *Charmes*, a presença da História, da Mitologia e, sobretudo, da Poesia Clássica é um forte e denso tecido de referências para a conversa sempre renovada entre épocas por intermédio da linguagem da poesia.

Alguns temas clássicos, por exemplo, assumem, para Valéry, a condição de veículos recorrentes para a exploração de sua própria identidade, por assim dizer, intelectual, como acontece com os poemas dedicados a Narciso ("Narcisse parle", "Fragments du Narcisse" e "Cantate du Narcisse"): "a mente no espelho", que era Paul Valéry, segundo a sua arguta leitora Elizabeth Sewell, lê no mito clássico, como também fará em "Amphion", o percurso e os precursores daquela "Comédia Intelectual" que, segundo ele, "seria [...] bem mais preciosa ainda do que *A comédia humana* e mesmo do que a *Divina comédia*", como está dito no texto sobre Da Vinci de 1919, *Note et digression*.

Creio que *Eupalinos ou l'Architecte* é um fragmento daquela Comédia, assim como o ciclo de *Monsieur Teste* seria um de seus capítulos fundamentais.

Na verdade, num dos "Dois Prefácios" escritos para a tradução norte-americana de William McCausland Stewart dos "Diálogos", incluída nas *Obras coligidas de Paul Valéry*, editadas por Jackson Mathews e publicadas nas prestigiosas Bollingen Series pela Princeton University Press, Wallace Stevens, depois de relacionar afirmações dispersas em *Eupalinos* e que seriam o essencial da conversa entre Sócrates e Fedro, faz algumas perguntas fundamentais: "[...] what in fact have they been talking about? And why is Valéry justified when, in his closing words, Socrates says: '...all that we have been saying is as much a natural sport of the silence of these nether regions as the fantasy of some rethorician of the other world who has used us as puppets!' Have we been listening to the talk of men or of puppets? These questions are parts of the fundamental question. What should the shades of men talk about, or in any case what may they be expected, categorically, to talk about, in the Elysian fields?"

A resposta de Sócrates a esta grave questão parece vazia a Wallace Stevens.

Diz o poeta norte-americano que ela está na seguinte questão, muito coerentemente com o método socrático, proposta por Sócrates a Fedro: "Ne crois-tu pas que nous devions maintenant employer cet immense loisir que la mort nous abandonne, à nous juger nous-mêmes, et à nous rejuger infatigablement, reprenant, corrigeant, essayant d'autres réponses aux événements qui sont arrivés; et cherchant, en somme, à nous défendre de l'inexistence par des illusions, comme font les vivants de leur existence?" Mesmo que se aceite que esta seja a resposta para as questões sugeridas por Wallace Stevens, e isto "categoricamente", como está em seu texto, o nível de generalidade poderá parecer excessivo, a não ser que se acentue o valor das "ilusões", estabelecendo-se uma bela coerência em relação àquele "jeu naturel du silence", criador de "marionnetes", que está na última fala de Sócrates.

Defender-se da inexistência ou da existência pelas ilusões, sem desconhecer que elas são tais, é entrar no jogo da Comédia Intelectual. E assim é porque o fundamento da Comédia está na decepção, ou seja, na impossibilidade, dentro dos limites humanos, de resolver a equação que comanda as relações entre os opostos ou daqueles que, aparentemente não sendo, estão destinados aos desencontros por força das aporias. A consciência disso não significa a sua resolução mas, no máximo, a compreensão das regras do jogo, base da Comédia, fonte das ilusões, procriadora de marionetes.

Na verdade, nas palavras finais de Sócrates, citadas por Stevens, tanto ele quanto Fedro são considerados, *simultaneamente*, indivíduos participantes do "jogo natural" e objetos de retórica.

Nem homens nem marionetes, mas falas produzidas pelas condições em que se encontram, sombras de Sócrates e de Fedro, possiblidades de ser, onde até mesmo é possível a existência "ilusória" de um Anti-Sócrates que se dirige a um Anti-Fedro. E este Anti-Sócrates se define como construtor, não em oposição mas como complemento do outro, o Sócrates da dialética e da perseguição implacável ao conhecimento: "Ce ne fut pas utilement, je le crains, chercher ce Dieu que j'ai essayé de découvrir toute ma vie, que de le poursuivre à travers les seules pensées; de le demander au sentiment très variable, et très ignoble, du juste et de l'injuste, et que le presser de se rendre à la sollicitation de la dialectique la plus raffinée. Ce

Dieu que l'on trouve ainsi n'est que parole née de parole, et retourne à la parole. Car la réponse que nous nous faisons n'est jamais assurément que la question elle-même; et toute question de l'esprit à l'esprit même, n'est, et ne peut être, q'une naïveté".

Até aqui, o primeiro Sócrates, o daquela "dialectique la plus raffinée", e, em seguida, em trecho de prosa admirável, o outro, o Anti-Sócrates para espanto do Anti-Fredo que o escuta: "Mais au contraire, c'est dans les actes, et dans la combination des actes, que nous devons trouver le senti-ment le plus immédiat de la présence du divin, et le meilleur emploi de cette partie de nos forces qui est inutile à la vie, et qui semble réservée à la poursuite d'un objet indéfinissable qui nous passe infiniment. Si donc l'univers est l'effet de quelque acte; cet acte lui-même, d'un Être; et d'un besoin, d'une pensée, d'une science et d'une puissance qui appartiennent à cet Être, c'est par un acte seulement que tu peux rejoindre le grand dessein, et te proposer l'imitation de ce qui a fait toutes choses. C'est là se mettre de la façon la plus naturelle à la place même du Dieu".

E, finalmente, a relação completa entre o agir e o construir, dando como resultado a realização de uma obra: "Or, de tous les actes, le plus complet est celui de construire. Une oeuvre demande l'amour, la méditation, l'obéissance à ta plus belle pensée, l'invention de lois par ton âme, et bien d'autres choses qu'elle tire merveilleusement de toi-même, qui ne soupçonnais pas de les posséder. Cette oeuvre découle du plus intime de ta vie, et cependant elle ne se confond pas avec toi. Si elle était douée de pensée, elle pressentirait ton existence, qu'elle ne parviendrait jamais à établir, ni à concevoir clairement. Tu lui serais un Dieu...".

Assim falou Sócrates, ou antes o Anti-Sócrates que, ao contrário do primeiro, figura de palavra, *flatus voci* platônico, voltar-se-ia para a ação e construiria uma obra a exemplo de Eupalinos de Megara para quem, segundo o relato de Fedro, entre as obras mudas, as que falam e as que cantam, buscava estas últimas como realização suprema.

Uma obra em que, seguindo o preceito do arquiteto de Megara, não existiria "detalhes na execução" porque entre o agir e o conhecer o intervalo seria preenchido pela própria realização, apontando para aquele ideal impossível de ser atingido em que substância, forma e função é uma coisa só na obra acabada. E impossível porque, como dirá Sócrates, "a

Variações sobre Eupalinos

subordinação íntima destas três coisas e sua profunda ligação não poderiam ser obra senão da própria natureza naturante".

Muitas páginas atrás, miolo do diálogo, Sócrates havia referido a Fedro que o começo de sua indecisão entre o construir e o conhecer fora a contemplação de um objeto encontrado à beira-mar, surgido não se sabe de onde, trazido pelas ondas e oferecendo ao contemplador a existência de formas perfeitas em que, certamente, a ação do homem não havia exercido qualquer papel. Este acontecimento — que faz parte da experiência do próprio Valéry, como ele mesmo o revela em outros textos — dirige a reflexão para a criação de formas que possam imitar o trabalho daquela "natureza naturante" — alvo impossível mas sempre presente no horizonte daquele que participa da infindável Comédia Intelectual, chame-se Eupalinos de Megara ou Paul Valéry.

É preciso ver que o que se busca no *Diálogo* é antes a realização de uma forma do que a exposição de um pensamento, embora se tenha de acrescentar, bem depressa, para não se escamotear o essencial do trabalho de Valéry, que é a construção da forma que justifica o pensamento possível. Ou, como ele próprio afirma em carta a Paul Souday, de 1923, "j'aurais essayer de faire voir que la pensée pure et la recherche de la vérité en soi ne peuvent jamais aspirer qu'à la découverte ou à la construction de quelque *forme*".

Por isso, não é de estranhar que Rilke, cuja tradução do *Eupalinos* para o alemão foi o último trabalho realizado em vida, segundo nos informa Wallace Stevens no texto já mencionado, tenha manifestado o seu deslumbramento com a linguagem do *Diálogo*.

Na verdade, é possível relacionar, como faz Stevens, frases e mais frases de uma perfeita elaboração para deixar passar ao leitor o essencial do pensamento socrático: são pequenas construções, em que o ritmo das frases, a sintaxe conseguida e a escolha vocabular desenham modulações e tempos precisos de sucessivos momentos de abstração que não se opõem ao concreto, como nos melhores poemas de Valéry.

Entre os jogos retóricos, sobretudo das falas socráticas, e as ponderações mais corriqueiras e pedestres de Fedro, o domínio da linguagem do verso impregna a prosa dialógica daquele imponderável de relações inventivas e supreendentes de que só a palavra em estado de poesia é capaz. Daí também se deduz a dificuldade para a apreensão, digamos assim, do enredo do texto, para a qual o próprio Valéry chamava a atenção nos comentários com que fez preceder a tradução italiana do *Diálogo* por Raffaele Contu. Diz ele ao fim de sua Nota: "(...) la mescolanza, in quest'opera, di una qualche poesia con considerazioni astratte — vale a dire l'impiego quasi simultaneo dei più opposti modi di servirsi del linguaggio — costringe lo scrittore ad adoperare perifrasi o figure al fine di mantenere la necessaria unità di tono".

A operação de apreender esta "unidade de tom", mais do que qualquer outra coisa, foi a árdua tarefa bem desempenhada pela tradutora brasileira de *Eupalinos*.

PAUL VALÉRY E A TRADUÇÃO DE
MONSIEUR TESTE

Não será exagero afirmar que o problema da tradução percorre, de ponta a ponta, a obra de Paul Valéry.

Sem desprezar aquilo que se acha, por assim dizer, metaforizado em vários ensaios críticos e mesmo em obras de criação poética, é no texto que escreveu, como prefácio, para a tradução das *Bucólicas*, de Virgílio, intitulado "Variations sur les Bucoliques", onde se encontram as suas mais luminosas reflexões sobre o tema.

De fato, entre 1942 e 1944, no ambiente pesado e sinistro de Paris sob a ocupação alemã, por entre as aulas semanais de *Poétique*, no Collège de France, trabalhando ainda na composição daquele que seria o seu último poema, "L'Ange", Valéry dedicava-se à transposição, verso a verso, da poesia virgiliana que, numa luxuosa edição bilíngüe, comporia o volume publicado pela sociedade de bibliófilos *Scripta et Picta*, cujo presidente, o Dr. A. Roudinesco, foi quem se encarregou de solicitar a tradução ao poeta, em verdadeiros diálogos de convencimento e de que ele mesmo dá notícia na preciosa "Introdução" para o volume, somente aparecido em 1955, numa edição limitada a 245 exemplares e contendo 44 ilustrações de Jacques Villon.

Era uma árdua tarefa e, desde o início, como está quer nos diálogos com Roudinesco, transcritos por este na "Introdução", quer nas *Variations* escritas por Valéry, duas condições foram estabelecidas para a realização do trabalho: seria antes uma transposição do que uma tradução literal, como sugere o próprio Roudinesco, eliminando-se, deste modo, a rima e optando-se pelos versos brancos, e, por outro lado, o hexâmetro latino encontraria o seu correspondente no alexandrino francês. Esta última exigência poética, à medida que recusava a tradução em prosa do texto de Virgílio, hábito a que Valéry se refere com relação aos clássicos em geral, condenando a deformação exercida pelo ensino tradicional (*Ce sont des préparations anatomiques, des oiseaux morts. Que sais-je! Parfois l'absurde à l'état libre, pullule sur ces cadavres déplorables, que l'Enseignement multiplie, et dont il prétend mourir ce qu'on nomme les 'Études'. Il met en prose comme on met en bière*), tal exigência propunha uma operação de linguagem capaz de, pela poesia, tornar possível uma leitura poética de Virgílio em francês (e Roudinesco a isto vai se referir depois da leitura que fez da tradução da primeira *Bucólica*: "c'était un enchantement, on croyait entendre Virgile parler en vers français", fugindo à tentação da obediência estrita ao sentido que, para Valéry, não é senão *une manière de trahison*. E ele acrescenta:

> *Que d'ouvrages de poésie réduits en prose, c'est-à-dire à leur substance significative, n'existent littéralement plus!*

E, em seguida, num texto de razões iluminadoras:

> *C'est que les plus beaux vers du monde sont insignifiants ou insensés, une fois rompu leur mouvement harmonique et altérée leur substance sonore, qui se développe dans leur temps propre de propagation mesurée, et qu'ils sont substitués par une expression sans nécessité musicale intrinsèque et sans résonance. J'irai même jusqu'à dire que plus une oeuvre d'apparence poétique survit à sa mise en prose et garde une valeur certaine après cet attentat, moins elle est d'un poète. Un poème, au sens moderne (c'est-à-dire paraissant après une longue évolution et différenciation des fonctions du discours) doit créer l'illusion d'une composition indissoluble de son et de sens, quoiqu'il n'existe aucune relation rationelle entre ces constituants du langage, qui sont joints mot par mot dans notre mémoire, c'est-à-dire par le hazard, pour être à la disposition du besoin, autre effet du hazard.*

Na verdade, para Valéry toda a questão estava em criar aquela harmonia que somente a fingida indissolubilidade entre som e sentido podia instaurar: traduzir o verso latino virgiliano significava, antes de mais nada, obrigar o

Paul Valéry e a tradução de Monsieur Teste

leitor a sentir na língua francesa de que maneira a significação do verso era dependente dos recursos sonoros extraídos do sistema lingüístico, estabelecendo-se, deste modo, uma relação de necessidade para além da lógica da linguagem. Uma lógica poética ou, para utilizar uma expressão de que o poeta se apropriou desde as suas iniciais reflexões sobre Leonardo da Vinci, uma *analógica*.

Mas isto não se dava sem que o poeta se inserisse ele mesmo na tradição moderna da poesia, cujas origens e filiações ele apontou no magistral ensaio que escreveu sobre Baudelaire: *Situation de Baudelaire*. Uma tradição de dependência estrita entre a poesia e a reflexão crítica, desdobramento coerente daquela consciência poética que foi marca registrada do romantismo, sobretudo o anglo-germânico, e que ressurgiria, com toda a força, numa certa poética simbolista que T.S. Eliot assinalou em outro ensaio magistral: *From Poe to Valéry*.

De fato, por aqui passam algumas daquelas idéias que cortam vertiginosamente, como reverberações diamantinas, quer aquele que é o seu primeiro ensaio crítico conhecido, precisamente uma leitura das teorias de Edgar Poe, intitulado *Sur la téchnique littéraire*, de 1889, quer aquele texto de sua maturidade, escrito nos anos 30, *Poésie et pensée abstraite*. E estas idéias orbitam, sobretudo, em torno das cambiantes relações e sinuosas transferências entre a sensibilidade e a inteligência e de que modo o poema suspende, num átimo de apreensão, as incongruências, as divergências de natureza e cria uma outra ordem de relações, que é o intervalo da arte.

Por tudo isso, podia escrever, ainda dentro do campo de suas variações sobre a obra de Virgílio, num texto de enorme generalização acerca das relações entre o fazer poético e a tradução:

> *Écrire quoi que ce soit, aussitôt que l'acte d'écrire exige de la réflexion, et n'est pas l'inscription machinale et sans arrêts d'une parole intérieure toute spontanée, est un travail de traduction exactement comparable à celui qui opère la transmutation d'un texte d'une langue dans une autre. C'est que, dans le domaine d'existence d'une même langue, dont chacun satisfait à des conditions du moment et de circonstance, notre interlocuteur, nos intentions simples ou complexes, le loisir ou la hâte, et le reste, modifient notre discours. Nous avons un*

langage pour nous-mêmes, dont les autres manières de parler s'ecartent plus ou moins; un langage pour nos familiers; un pour le commerce général; un pour la tribune; il y en a un pour l'amour; un pour la colère; un pour le commandement et un pour la prière; il y en a un pour la poésie et un de prose, sinon plusieurs encore dans chacune; et tout ceci dans le même vocabulaire (mais plus ou moins restreint ou étendu, selon le cas) et sous la même syntaxe.

Estas últimas afirmações coincidem com aquilo que está dito nos derradeiros parágrafos de *Poésie et pensée abstraite*:

...entre todas as artes, a nossa [a poesia-JAB] é talvez aquela que coordena o máximo de partes ou de fatores independentes: o som, o sentido, o real e o imaginário, a lógica, a sintaxe e a dupla invenção do fundo e da forma... e tudo isso por intermédio deste meio essencialmente prático, perpetuamente alterado, contaminado, exercendo todas as transações, a linguagem comum, da qual, para nós, se trata de extrair uma Voz pura, ideal, capaz de comunicar sem fraquezas, sem esforço aparente, sem contrariar o ouvido e sem romper a esfera instantânea do universo poético, uma idéia de algum eu [moi] maravilhosamente superior a Mim [Moi].[1]

Desse modo, a tradução poética é tarefa que, para Paul Valéry, recupera o próprio trajeto da criação: em numerosos trechos de suas *Variations sur les bucoliques*, é explícito o desejo de reconstruir não apenas a linguagem poética de Virgílio mas de incorporar à tradução tudo aquilo que representou o próprio ato de execução de linguagem do poeta latino, envolvendo o seu tempo e o seu espaço, num trabalho ininterrupto de interpretação crítica das circunstâncias experimentadas pelo poeta.

Identificado poeta e tradutor, sob a ótica de uma concepção da linguagem poética que insiste naquilo a que o próprio Valéry chamava de *hesitação prolongada entre o som e o sentido*, pode ele, então, anotar:

---

[1] Uso a distinção de tradução de **moi** entre *eu* e *mim* de acordo com a notável tradução do poema *La jeune parque* do poeta realizada por Augusto de Campos e que se encontra em seu livro *Linguaviagem*. São Paulo, Cia das Letras, 1987.

Paul Valéry e a tradução de Monsieur Teste

> *O poeta é uma espécie singular de tradutor que traduz o discurso usual, modificado por uma emoção, em 'linguagem dos deuses'; e seu trabalho interno consiste menos em procurar palavras para suas idéias do que procurar idéias para suas palavras e seus ritmos predominantes.*

Não é preciso ir muito longe na tradução de Virgílio por Valéry para logo se ter um exemplo da operação prática dessa colaboração entre poeta e tradutor.

Já na primeira fala de Melibeu, em seu diálogo com Títiro, é possível sentir de que modo a cena campestre e os motivos do refúgio estão entrelaçados no Virgílio francês de Valéry, seja no nível da escolha vocabular na passagem de uma língua a outra, seja no ritmo conseguido pela maior distensão do alongamento sintático do alexandrino francês em face do hexâmetro virgiliano:

> *Tytyre, tu patulae recubans sub tegmine fagi*
> **Tityre, tandis qu'à l'aise sous le hêtre,**
> *Silvestrem tenui musam meditaris avena;*
> **Tu cherches sur ta flûte un petit air champêtre,**
> *Nos patriae fines et dulcia linquimus arva;*
> **Nous, nous abandonnons le doux terroir natal,**
> *Nos patriam fugimus; tu, Tityre, lentus in umbra*
> **Nous fuyons la patrie, et toi, tranquille à l'ombre,**
> *Formosam resonare doces Amaryllida silvas*
> **Tu fais chanter au bois le nom d'Amaryllis.**[2]

Entre a tranqüilidade campestre de Títiro e a inquietude de Melibeu, entre os ares harmoniosos da flauta e os sombrios do exílio, a cena construída por Virgílio, por intermédio do latim retesado das orações desataviadas, é recuperada pelas imaginosas construções valéryanas que, ao mesmo tempo, traduzem e interpretam o espaço virgiliano, instaurando síncopes de grande

---

[2] Em português, pode-se ler assim, na tradução de Péricles Eugênio da Silva Ramos: "*Ó Títiro, deitado à sombra de uma vasta faia, / aplicas-te à silvestre musa com uma frauta leve; / nós o solo da pátria e os doces campos nós deixamos; / nós a pátria fugimos; tu, na sombra vagaroso, / fazes a selva ecoar o nome de Amarílis bela*".

efeito metafórico, como aquele que está, por exemplo, na versão do segundo verso em que o *ar campestre* de toda a cena é como uma nota musical extraída do som da flauta do pastor.

Deste modo, sem ceder à tentação do sentido literal, a tradução de Valéry opera a reconstrução de um sentido mais amplo, de tensão estrutural, cavando fundo nas relações possíveis de uma harmonia de conjunto, apontando para aquela totalidade do poema sobre a qual ele medita nas *Variations*:

> *Je m'assurais que la pensée n'est qu'accessoire en poésie, et que le principal d'une oeuvre en vers, que l'emploi même du vers proclame, c'est le tout, la puissance résultante des effets composés de tous les attributs du langage.*

Eis aí, portanto, algumas idéias sobre a tradução poética e sobre a íntima relação entre o poeta e o tradutor, tais como elas podem ser colhidas de uma tradução de Paul Valéry.

Escolhi o caminho de resenhá-las, como preâmbulo ao prefácio da tradução de *Monsieur Teste* por Cristina Murachco, para, sobretudo, indicar o nível de complexidade com que o poeta encarava o trabalho de tradução. E se o texto agora traduzido não é um poema, objeto privilegiado das meditações de Valéry, o próprio poeta, no entanto, adverte, nas linhas finais do *Prefácio*, escrito para a segunda edição inglesa da obra, para as dificuldades eventuais de uma tradução:

> *O texto sujeito a essas condições muito particulares (o autor refere-se, sobretudo, ao que está dito logo anteriormente sobre "o uso, quando não a criação, de uma linguagem forçada, por vezes energicamente abstrata", JAB) certamente não é de leitura muito fácil no original. Tanto mais ele deve apresentar a quem quiser passá-lo para uma língua estrangeira dificuldades quase que insuperáveis.*

Por outro lado, creio que esta idéia da dificuldade, que se vincula, para o próprio poeta, à da abstração da linguagem, é possivelmente uma das chaves mais importantes de leitura do texto e se encontra nas origens do pensamento de Valéry e, portanto, nas origens de *Monsieur Teste*.

De fato, estas coincidem com outras duas e fazem parte do mesmo projeto pessoal na formação de seu pensamento: o texto sobre Leonardo da Vinci, *Introdução ao método de Leonardo da Vinci*, o primeiro de uma série que haveria de escrever sobre o gênio italiano, e as notas iniciais dos *Cahiers* que seriam o seu trabalho ininterrupto até às vésperas da morte em 1945.

Na verdade, juntamente com os poemas que publicou em pequenas revistas nos inícios dos anos 90 e que seriam depois reunidos no volume *Album de vers anciens*, somente publicado em 1920, os textos mencionados foram escritos entre 1894 e 1896, embora já no fim da década anterior houvesse escrito aquele ensaio de leitura de Edgar Poe e que é o seu primeiro texto crítico conhecido.

O que hoje é o livro *Monsieur Teste*, tal como ele agora é traduzido e publicado, pela primeira vez no Brasil, compreendendo dez textos (incluindo-se o *Prefácio*) a que o próprio Valéry chamou de *Cycle Teste*, embora a sua configuração final só tenha ocorrido após a sua morte, com a publicação, em 1946, do volume pela Gallimard, tem uma história bibliográfica acidentada e que é narrada nas notas aos vários textos, no segundo volume da edição Gallimard/Pléiade das obras do poeta, de 1960.

Só para exemplificar, basta lembrar que o texto inicial, *La soirée avec Monsieur Teste*, o mais famoso de todos eles, foi publicado na revista *Le Centaure*, de cujo corpo editorial faziam parte os seus amigos de mocidade André Gide e Pierre Louÿs, em 1896, e o segundo, *Lettre de Madame Émilie Teste*, na revista *Commerce*, em 1924, num lapso temporal de quase trinta anos, o que ocorre também com a *Lettre d'un ami*, publicada na mesma revista e no mesmo ano.

Os acidentes da bibliografia, no entanto, não são apenas temporais, mas incluem a própria maneira de composição dos textos. Assim, por exemplo, o terceiro, *Extraits du log-book de Monsieur Teste*, sai direto das anotações de Valéry para os seus *Cahiers*: na cobertura para as primeiras páginas, intituladas *Journal de bord*, pode-se ler abaixo, no lado direito: *1894. Pré-Teste. Bath.* Da mesma maneira, trechos que poderiam ser anexados ao *Cycle Teste* foram sendo dispersados pela obra de Valéry, como é o caso evidente, por exemplo, do *Journal d'Emma, nièce de Monsieur Teste*, incluído como um dos capítulos de suas *Histoires brisées*, obra póstuma publicada em 1950.

Na verdade, o volume de *Monsieur Teste* preparado por Valéry incluía os quatro textos referidos (*La soirée avec Monsieur Teste, Lettre de Madame Émilie Teste, Extraits du log-book de Monsieur Teste* e *Lettre d'un ami*) mais o prefácio à segunda edição inglesa de 1925, conforme, aliás, está dito na nota que precede os outros cinco textos que hoje constituem o livro (o texto *Dialogue* não vem separado na edição Gallimard referida, embora assim ocorra na edição Pléiade):

> *Paul Valéry reunira, antes de sua morte, um conjunto de notas e de rascunhos para usá-los numa nova edição de Monsieur Teste.*
>
> *Os fragmentos que se seguem, e que pertencem a épocas muito diversas, foram escolhidos nesse conjunto.*

Para além da curiosidade, entretanto, o que estes acidentes bibliográficos dizem é de grande interesse para uma leitura da obra e se vincula, sobretudo, àquele exercício de abstração enérgica a que se refere o próprio poeta no *Prefácio*.

Por um lado, é possível dizer que, assim como as duas outras obras que tiveram origem no período inicial de sua formação, o *Cycle Teste* é infindável: tanto a presença recorrente de Leonardo quanto a obsessiva escritura dos *Cahiers*, os textos que compõem o *Cycle*, mais do que uma fixação pela linguagem apontam para uma procura de iluminação por entre os fragmentos dispersos de uma inteligência ansiosa por elucidar as relações que tecem uma certa maneira de conhecer e estar no mundo e, por isso, jamais terminam.

Por outro lado, Edmond Teste não é um personagem que exista apenas no espaço da ficção narrativa: certamente contaminado quer pela leitura intensa que, na época, fazia de Huysmans, quer pela dedicação com que estudava as criações de Poe, o personagem de Valéry transcende aquele espaço à medida que seus gestos, seus hábitos, suas falas, suas maneiras de ser, enfim, são explorados no vértice de uma epistemologia que o autor expandia em uma poética.

Paul Valéry e a tradução de Monsieur Teste

Mais uma convergência com relação aos dois outros textos: assim como em Leonardo da Vinci o que procurava era antes o modo pelo qual a imagem do artista poderia ser incorporada a seu próprio desejo de construir um método de conhecimento (*Nous pensons qu'il a pensé, et nous pouvons retrouver entre ses oeuvres cette pensée que lui vient de nous: nous pouvons refaire cette pensée à l'image de la nôtre*), assim como nas anotações para os *Cahiers* é antes uma busca obsessiva das possibilidades do seu pensamento fundar o conhecimento pessoal por entre os fragmentos estilhaçados das mais diversas ciências e filosofias do que a revelação da personalidade do poeta, assim Teste descreve, em seu texto, isto é, no texto de Valéry em que sempre está presente um narrador que *diz* a respeito de Teste, com a exceção óbvia daqueles que são transcrições de diário ou idéias do próprio personagem, a parábola da inteligência que recusa a facilidade de qualquer mimese de comportamento. O que, evidentemente, não significa negar a Valéry a capacidade de armar um texto realista na melhor tradição de Flaubert.

Nesse sentido, a frase com que se abre o livro (*A tolice não é meu forte*) faz, de certa maneira, repercutir aquela tradição, sobretudo se pensarmos na forte e devastadora sátira ao conhecimento que se encontra em *Bouvard et Pecuché* ou mesmo no delicioso *Dictionnaire des idées réçues* (este, aliás também traduzido por Cristina Murachco e publicado pela Editora Nova Alexandria).

A fuga à tolice, a recusa ao fácil e ao automático das falas e dos gestos sociais, aquilo que o próprio Teste chamará de *morte da marionete*, é o que, por assim dizer, torna abstrato o personagem e, portanto, a linguagem com que ele é designado.

Filho de *estranhos excessos de consciência de mim*, como registra Valéry no *Prefácio, engendrado (...) num quarto onde Augusto Comte passou seus primeiros anos (...)*, há, no personagem uma nota anti-positivista, uma combinação esdrúxula de cartesianismo (que vai estar explícito na epígrafe da *Soirée*) e psicologismo *fin-de-siècle* contaminando o narrador com ele identificado e transformado em escrivão de suas singularidades. Ou o contrário: o personagem Teste servindo ao narrador para configurar aquilo que, num dado momento de sua existência, não era senão busca de intensidade reflexiva. Como está dito, ainda no *Prefácio:*

Eu fazia então o que podia para aumentar um pouco a duração de alguns pensamentos. Tudo o que me era fácil era indiferente e quase inimigo. Eu pensava que a sensação do esforço devia ser buscada, e não me agradavam os resultados felizes que não são nada além de frutos naturais de nossas virtudes nativas. Isso significa que os resultados em geral — e, por conseguinte, as obras —, importavam muito menos do que a energia do trabalhador — substância das coisas que ele espera.

Nesse sentido, o encontro com o personagem e sua caracterização, que é a matéria da *Soirée*, se, por um lado, obedece a uma esquematização realista que sucede alguns trechos de auto-definição do narrador, por outro, no entanto, acentua os traços de solipsismo do próprio narrador, fazendo com que o personagem seja uma espécie de duplo especulativo ou aquilo que a ensaísta inglesa, Elizabeth Sewell, chamou de *mind in the mirror*. Eis o encontro com Teste:

Eu começava a não pensar mais nisso (e aqui o narrador está se referindo, sobretudo, à existência daqueles homens cujo poder está precisamente na recusa à notoriedade fácil e decorrente de erro essencial em responder àquilo que se espera deles, JAB*) quando conheci Monsieur Teste. (Penso agora nos rastros que um homem deixa no pequeno espaço em que se move todo dia.) Antes de me tornar amigo de Monsieur Teste, sentia-me atraído por seu modo de ser particular. Estudei seus olhos, suas roupas, suas menores palavras surdas dirigidas ao garçom do café em que o via. Perguntava-me se ele se sentia observado. Desviava vivamente meu olhar do seu, para em seguida surpreender o dele que me seguia. Eu pegava os jornais que ele acabara de ler, recomeçava os gestos sóbrios que lhe escapavam; notava que ninguém prestava atenção nele.*

A partir deste primeiro encontro, seguem-se outros, entremeados de informações dispersas sobre Teste *(vivia de medíocres operações semanais na Bolsa, fazia suas refeições num pequeno restaurante da rue Vivienne, devia ter quarenta anos)* ou mais detalhadas e precisas sobre a sua aparência e seus modos:

Paul Valéry e a tradução de Monsieur Teste

Suas palavras eram extraordinariamente rápidas, e sua voz surda. Tudo nele era apagado; os olhos, as mãos. Contudo, tinha ombros militares, e seu passo era de uma regularidade que surpreendia. Quando falava, não erguia nunca um braço ou um dedo: ele matara a marionete. Não sorria, não dizia bom dia nem boa noite; parecia não ouvir o "Como vai?"

O fundamental desses encontros está, todavia, na atitude de intérprete do narrador que, tal os personagens detetivescos de Edgar Poe, vai juntando elementos para uma definição do pensamento de Teste que, entretanto, não chega a se concretizar para o leitor, dele sobrando apenas estilhaços luminosos que permitem tanto ao leitor quanto ao próprio narrador sonhar com uma superação de leis do espírito conhecidas e que estão encapsuladas na busca incessante do próprio espírito que as incorpora. Diz o narrador:

De tanto pensar, acabei acreditando que Monsieur Teste havia chegado a descobrir leis do espírito que nós ignoramos. Com certeza devia ter dedicado anos a essa procura: com mais certeza, outros anos, e ainda muitos anos, haviam sido usados para amadurecer suas invenções e transformá-las em instintos. Encontrar não é nada. Difícil é acrescentarmos o que encontramos.

Eis o essencial: segundo a interpretação do narrador, a transformação de idéias originais em instinto, operando a rasura entre o que é apreendido do exterior e aquilo que passa a fazer parte da própria interioridade, seria a marca mais saliente da inteligência de Teste, permitindo-lhe optar pela dificuldade em oposição ao automatismo do fácil e do mesmo. É o próprio Teste quem dirá em seguida:

*Aprecio em todas as coisas apenas a **facilidade** ou a **dificuldade** em conhecê-las, em realizá-las. Dedico um cuidado extremo a medir esses graus, e em não amarrar-me... E o que me importa aquilo que eu conheço muito bem?*

119

Não obstante o cuidado em ler os mínimos movimentos do pensamento de Teste, buscando localizar-se no ponto zero de suas formações, o narrador, intérprete e *voyeur* obsessivo, deixa sempre escapar aquilo que poderia ser uma definição de totalidade: a representação é sempre menor do que a realidade, sobretudo por se tratar do que há de cambiante nas relações que constituem uma personalidade que se procura apreender como *personagem de fantasia*, tal como é designado Monsieur Teste por Paul Valéry, logo na primeira frase do *Prefácio*.

> *Certos dias posso revê-lo com muita nitidez. Ele se apresenta à minha lembrança, ao meu lado. Respiro a fumaça de nossos charutos, escuto-o, desconfio. Às vezes, a leitura de um jornal me faz bater com seu pensamento, quando um acontecimento agora o justifica. E procuro, mais uma vez, algumas das experiências ilusórias que me deleitavam na época de nossas noitadas. Quer dizer que o imagino fazendo o que não o vi fazer. O que acontece com Monsieur Teste quando está doente? Apaixonado, como raciocina? Pode ficar triste? De que teria medo? O que o faz tremer?... Eu procurava. Guardava inteira a imagem do homem rigoroso, tentava fazê-lo responder às minhas perguntas... Ela se alterava.*
> *Ele ama, sofre, se aborrece. Todo mundo se imita. Mas, ao suspiro, ao gemido elementar, quero que ele mescle as regras e as figuras de todo o seu espírito.*

Desse modo, aquilo que escapa, e que poderia ser o elemento que viesse completar e tornar acessível o personagem, é precisamente o que o faria mais palatável à imitação, por assim dizer, humana: por não *mesclar* as **suas** regras e figuras do espírito à forma de comportamento dos **outros**, Teste se conserva no nível da figura, seja mesmo de uma retórica cujas regras ele apenas compartilha com quem procura decifrá-las, leitor e narrador, metamorfoseados em intérpretes e *voyeurs*. Por isso, a apreensão de Teste, enquanto personagem, atravessa o texto numa sucessão de decepções realistas. E nem mesmo os espaços *reais* da ficção, como o teatro ou o apartamento de Teste, diminuem a sensação: a narrativa das experiências de Teste encarrega-se de abstrair a banalidade das situações.

No primeiro caso, no teatro, o que sobressai é a intensidade com que, por entre a multidão extasiada pela música, o sentido de individualidade de Teste mais se exaspera, ao mesmo tempo em que se torna mais rarefeita. Leia-se o belo trecho que segue a experiência compartilhada da música:

> *Uma música tocava-nos todos, abundava, depois foi diminuindo. Sumiu. Monsieur Teste murmurava: "Só somos belos, só somos extraordinários para os outros! Eles são devorados pelos outros!" A última palavra ressaltou no silêncio que a orquestra fazia. Teste respirou. Seu rosto incendiado onde se juntavam calor e cor, seus ombros largos, seu semblante negro colorido pelas luzes, a forma de todo seu bloco vestido, sustentado pela grossa coluna, fizeram-me voltar à consciência. Ele não perdia um átomo de tudo o que se tornava sensível, a cada instante, naquela grandeza vermelho e ouro.*
>
> *Eu olhava para aquele crânio que desposava os ângulos do capitel, aquela mão direita que se refrescava nos dourados; e, na sombra púrpura, os grandes pés. Das profundezas da sala, seus olhos vieram a mim; sua boca disse: "A disciplina não é ruim... É um pequeno começo..." Eu não sabia responder. Ele disse com sua voz baixa e rápida: "Que se deleitem e que obedeçam!"*

Mas o narrador, embora desnorteado pela aparente ausência de relação entre o que sentia movido pela música e pelo ambiente e as palavras ditas por Teste, insiste em atrair o personagem ao nível da *normalidade*:

> *Contudo (...), como subtrair-se a uma música tão poderosa! E por quê? Encontro nela uma embriaguez particular, devo desdenhá-la? Encontro nela a ilusão de um trabalho imenso que, de repente, se tornaria possível para mim... Ela provoca em mim sensações abstratas, imagens deliciosas de tudo o que amo — da mudança, do movimento, da mistura, do fluxo, da trans-formação... Negais que existam coisas anestésicas? Árvores que embriagam, homens que dão força, mulheres que paralisam, céus que calam a voz?*

As palavras de resposta de Teste não apenas configuram mais intensamente o seu famoso solipsismo, como ainda acentuam, como decorrência, a sua escolha pela *dificuldade*, afastando-o, mais uma vez, de uma representação mimética:

> *Ah! Meu senhor! Que me importa o "talento" de vossas árvores — e dos outros!... Estou COMIGO, falo a minha língua, odeio as coisas extraordinárias. É uma necessidade dos espíritos fracos. Acredite em mim, palavra por palavra: o gênio é fácil, a **divindade é fácil**... Quero dizer simplesmente — que sei como funcionam. É **fácil**.*

O espaço seguinte é o do apartamento de Teste, cuja descrição pelo narrador, pêndulo realista de sua prosa, marca, por contraste, a sigularidade do personagem, à medida que o que surpreende é exatamente a sua vulgaridade. É o que se lê em seguida:

> *Estávamos à sua porta. Pediu-me que viesse fumar um charuto em sua casa.*
> *No alto da casa, entramos num apartamento "decorado" muito pequeno. Não vi nenhum livro. Nada indicava o trabalho tradicional sobre uma mesa, debaixo de uma lâmpada, em meio a papéis e penas. No quarto esverdeado, com cheiro de menta, só havia, em torno da vela, o tedioso mobiliário abstrato — a cama, o relógio, o armário-espelho, duas poltronas — como abstrações. Sobre a chaminé, alguns jornais, uma dúzia de cartões de visita cobertos de números, e um vidro de farmácia. Nunca tive tão fortemente a impressão de **qualquer**. Era o domicílio qualquer, análogo ao ponto qualquer dos teoremas, — e talvez tivesse a mesma utilidade. Meu anfitrião morava no interior mais geral. Eu pensava nas horas que passava naquela poltrona. Tive medo da infinita tristeza possível naquele lugar puro e banal.*

O que segue, no entanto, não é banal, embora seja triste: Monsieur Teste, depois de despir-se com tranqüilidade e beber o seu frasco de remédio, ingressa na região que precede o sono, não sem antes fazer uma série de reflexões sobre aquilo que está entre o sono, o sonho, a dor e a morte, sentindo o seu corpo à medida que ele se liberta da vigília.

Ainda não é, todavia, o fim de Monsieur Teste. Entre este recolhimento ao sono e o fim, matéria do último texto do livro, estão aqueles que dele dão notícia e o interpretam.

A começar pela *Lettre de Madame Émilie Teste*, o aparecimento de outros narradores que se dedicam ao deciframento das complexidades que envolvem o pensamento e a própria existência de Monsieur Teste é fundamental para que o leitor, possivelmente desorientado por aquelas complexidades, tenha a oportunidade de acrescentar novos dados a seu trabalho de interpretação.

Nesse sentido, o ângulo assumido pela narradora da *Lettre* é o de fixar aquilo que em Teste é, sobretudo, a tensão entre a natureza abstrata do personagem e o concreto de suas relações familiares, sobressaindo o modo pelo qual Monsieur Teste se representa pela percepção de quem, como Émilie Teste, não foge à experiência da *bêtise* como parte constituinte da própria existência e uma das primeiras impressões registradas sobre o marido logo revela este direcionamento:

> *Ele é duro como um anjo, caro senhor. Não percebe sua força: diz palavras inesperadas que são demasiado verdadeiras, que acabam com as pessoas, despertam-nas em plena tolice, frente a elas mesmas, completamente surpresas de serem o que são, e de viverem tão naturalmente de bobagens. Vivemos muito bem, cada um em seu absurdo, como peixes dentro d'água, e só percebemos acidentalmente tudo o que contém de tolice a existência de uma pessoa razoável. Nunca pensamos que o que pensamos esconde de nós o que somos.*

Caracterizado como anjo, entretanto, Monsieur Teste, do ângulo da narradora, só se completa pela revelação de outro componente: uma doçura inesperada, contraparte de sua *dureza*, que a esposa interpreta como parte essencial daquilo que, em Monsieur Teste, mais lhe atrai, ou seja, a *incerteza de seu humor*.

De fato, ele é duro, às vezes; mas em outros momentos, exibe uma deliciosa e surpreendente doçura, que parece vir dos céus. Seu sorriso é um presente misterioso e irresistível, e sua rara gentileza é uma rosa de inverno.

São estas contradições que, para Émilie Teste, constituem a singularidade do esposo e é notável como ela examina os seus efeitos sobre os outros que a cercam: as amigas, que não podem entender o convívio com um homem cuja *reputação de esquisitices as choca e escandaliza,* e em oposição às quais busca entender a espécie de amor que funda as suas relações com Monsieur Teste, ou o senhor abade que tem *uma espécie de simpatia piedosa por uma mente tão única,* com quem discute a qualidade satânica ou divina de uma tal mente.

No primeiro caso, ao tratar da qualidade do amor que é o de Monsieur Teste, a narradora enfatiza o traço, por assim dizer, *natural* e, por isso, para ela, mais completo do que aquele demonstrado pelos maridos de suas amigas, em que nota a permanência da rotina e do hábito:

Mas, caro senhor, quando ele volta para mim da profundidade! Parece me descobrir como uma terra nova! Apareço para ele como desconhecida, nova, necessária. Ele me toma cegamente em seus braços, como se eu fosse um rochedo de vida e de presença real, em que esse grande gênio incomensurável bateria, que tocaria, que repentinamente agarraria, após tantos desumanos silêncios monstruosos! Ele cai sobre mim como se eu fosse a própria terra. Ele acorda em mim, encontra-se em mim, que felicidade!

Mas esta *naturalidade* do amor só é possível porque, para Monsieur Teste, Émilie é parte integrante daquele mundo de *bêtise* do qual ele não participa enquanto em pleno domínio das leis misteriosas de seu espírito. E isso é registrado por ela:

Monsieur Teste, aliás, pensa que o amor consiste em duas pessoas poderem ser tolas juntas — todo licença de tolice e de bestialidade.

No segundo caso, as expressões com que o senhor abade busca explicar a natureza de Monsieur Teste, onde sobressai a anotação da ausência, no personagem, de duas das virtudes teologais (caridade e esperança), revelam em que medida, a par da crítica ao pensamento positivista de seu tempo que se infere de alguns trechos da *Soirée*, aqui o que se expõe é a dificuldade da religião para explicar as operações do espírito, desde que apenas preocupada com a dicotomia entre o bem e o mal. Diz o abade:

Ele se abstrai horrivelmente do bem (...) mas felizmente abstrai-se do mal... Há nele não sei que pureza assustadora, que distanciamento, que força e que luz incontestáveis. Nunca observei tal ausência de distúrbios e de dúvidas numa inteligência trabalhada com grande profundidade. Ele é terrivelmente tranqüilo! Não se pode atribuir-lhe nenhum desconforto da alma, nenhuma sombra interior — e nada, aliás, que derive dos instintos de medo ou de cobiça... Mas nada que se oriente para a Caridade.

Mais adiante, surgirá a anotação de ausência de esperança que, feita por Émilie Teste, decorre da argumentação teológica extraída de suas conversações com o abade:

Mas falta horrivelmente para esta recomposição de meu coração ardente e de sua fé, sua essência, que é esperança... Não há um só grão de esperança em toda a substância de Monsieur Teste; e é por isso que sinto um certo mal-estar nesse exercício do seu poder.

Entre a *Lettre de Madame Émilie Teste* e a *Lettre d'un ami*, invenção de narradores que se esforçam para a compreensão do personagem, estão as anotações de diário do próprio Monsieur Teste, pequenos textos que, como já foi assinalado, parecem sair dos *Cahiers* do próprio Paul Valéry, através dos quais o leitor entra, pela primeira vez neste livro, em contacto imediato com as operações do espírito do personagem.

Mais uma vez, não espere o leitor que a leitura dessas anotações possa significar o deciframento do complexo personagem: o melhor é entregar-se ao prazer do texto, sabendo apreciar o que há de conciso e preciso nos enunciados, ao mesmo tempo em que, por entre as frases sentenciosas e os paradoxos, desdobra-se uma mente que não apenas reflete mas que *se reflete* na linguagem, buscando a contrapartida da *bêtise* em trechos de enorme iluminação. Eis dois exemplos:

> *Caro senhor, sois perfeitamente "desinteressante" — Mas vosso esqueleto não — nem vosso fígado, nem vosso próprio cérebro. — E nem vosso olhar tolo e nem esses olhos atrasados — e todas as vossas idéias. Ah, se eu pudesse conhecer o mecanismo de um tolo!*

* * *

> *Não sou feito para os romances ou para os dramas. Suas grandes cenas, iras, paixões, momentos trágicos, longe de me exaltar chegam a mim como miseráveis lascas, como estados rudimentares onde todas as tolices escapam, onde o ser se simplifica até a estupidez; e ele se afoga em vez de nadar nas circunstâncias da água.*

A minha anotação preferida, no entanto, é aquela onde Teste antecipa aquilo que será uma das *idéias fixas* do próprio Valéry e que vai determinar tanto a pequena extensão de sua obra propriamente poética, quanto a intensidade de elaboração que dedicou a alguns textos, como é, sobretudo, os casos de *La jeune parque* e de *Le cimetière marin*. Refiro-me ao trecho seguinte:

> *Talvez ele tivesse chegado a esse estranho estado de só conseguir enxergar sua própria decisão ou resposta interior como um expediente, sabendo que o desenvolvimento de sua atenção seria infinito e que a* **idéia de acabar** *não tem mais nenhum sentido num espírito que se conhece bem. Ele se encontrava no grau de civilização interior em que a consciência não suporta mais opiniões sem acompanhá-las de seu séquito de modalidades e que só descansa (se isto pode ser descansar) com o sentimento de seus prodígios, de seus exercícios, de suas substituições, de suas precisões inumeráveis.*

Está aí já formulada aquela obsessão com o processo de composição, e não apenas com os resultados, que são os textos acabados, e que tanto incomodará a um leitor tão constante e atento de Valéry quanto T.S. Eliot, levando-o a fazer uma séria restrição (a meu ver injusta) à concepção valéryana de poesia, ao afirmar:

> *Ele está profundamente preocupado com o problema do processo, de como é feito o poema, mas não com a questão de como é relacionado ao resto da vida, de tal maneira que possa dar ao leitor o choque de sentimento que o poema foi para ele, não apenas uma experiência, mas uma séria experiência.*[3]

Deixando de lado o traço, por assim dizer, moralizante que há, sem dúvida, na restrição de Eliot, a idéia de *não acabar*, se entendida como aquele trabalho que poderia continuar para além do cansaço ou da fé religiosa, como observou de modo notável Jorge Luis Borges, é essencial para a percepção de grande parte da obra poética de Valéry e um dos melhores exemplos disso está nas reflexões que escreveu sobre a composição de seu poema *Le cimetière marin*, cujas modificações seriam intermináveis não fosse o poema lhe arrancado das mãos por um editor de revista.[4]

Este mesmo sentido do trabalho espiritual como tarefa infindável está na base de composição do próprio *Cycle Teste*: os textos que o compõem não fazem senão reiterar o modo pelo qual Monsieur Teste vai armando as suas indagações e preparando as interpretações daqueles que buscam decifrá-las, narradores e leitores arrastados pelas perplexidades sucessivas, acrescentando aqui e ali mais um dado de compreensão.

No texto seguinte, *Lettre d'un ami*, o último do livro tal como ele foi organizado por Valéry, como já se disse, há um exemplo de um desses dados novos e de fundamental importância para a leitura de todo o livro.

Esta carta, escrita durante uma viagem de trem a Paris, além de acrescentar informações reiterativas sobre Monsieur Teste, contém, entre

---

[3] T.S. Eliot, "Introduction", em Paul Valéry, *The art of poetry*, Denise Folliot (trad). New York, Vintage Books, 1961, p. XXIII.

[4] Refiro-me ao texto *Au sujet du cimetière marin* que hoje pode ser lido em português em Paul Valéry, *Variedades*, Maiza Martins de Siqueira (trad.). São Paulo, Iluminuras, 1991, pp. 169-176.

outras coisas, uma imagem que será, anos mais tarde, utilizada quase que literalmente no ensaio-conferência de 1939, já citado, e intitulado *Poésie et pensée abstraite*, e referente à qualidade de transparência da linguagem comum em oposição à resistência oferecida pelo grau de consciência que se introduz na utilização poética da linguagem. A imagem referida é a seguinte:

> *Cheguei, infelizmente, a comparar estas palavras com as quais atravessamos com tanta agilidade o espaço de um pensamento, a leves tábuas lançadas por sobre um abismo, que suportam a passagem, mas não agüentam a demora. O homem em movimento rápido as usa e escapa; mas na menor insistência, esse pouco tempo as rompe e tudo se perde nas profundezas. Aquele que se apressa **entendeu**; não se deve pesar: perceberíamos logo que os mais claros discursos são tecidos com termos obscuros.*

A imagem das *leves tábuas lançadas sobre um abismo* ressurge no ensaio-conferência a fim de marcar a maior ou menor densidade da palavra em suas várias utilizações:

> *Cada palavra, cada uma das palavras que nos permitem atravessar tão rapidamente o espaço de um pensamento e acompanhar o impulso da idéia que constrói, por si mesma, sua expressão, parece-me uma destas pranchas leves que jogamos sobre uma vala ou sobre uma fenda na montanha e que suportam a passagem de um homem em movimento rápido. Mas que ele passe sem pesar, que passe sem se deter — e, principalmente, que não se divirta dançando sobre a prancha fina para testar a resistência!... A ponte frágil imediatamente oscila ou rompe-se, e tudo se vai nas profundezas. Consultem sua experiência; e constatarão que só compreendemos os outros, e que só compreendemos a nós mesmos, graças à **velocidade de nossa passagem pelas palavras**. Não se deve de forma alguma oprimí-las, sob risco de se ver o discurso mais claro decompor-se em enigmas, em ilusões mais ou menos eruditas.*

Paul Valéry e a tradução de Monsieur Teste

Deste modo, assim como no *Monsieur Teste*, a imagem é criada para marcar a dificuldade de passar entre usos da linguagem: se no ensaio de 1939 o que se procurava era a passagem entre *poesia e pensamento abstrato*, no texto da *Lettre d'un ami* a busca se faz em torno da palavra *intelectual*:

> *Assim, estava eu dentro de meu próprio abismo — que por ser meu não deixava de ser abismo —, assim estava eu dentro de meu próprio abismo, incapaz de explicar a uma criança, a um selvagem, a um arcanjo — a mim mesmo, esta palavra:* **Intelectual***, que não causa nenhum problema a quem quer que seja.*
>
> *Não eram as imagens que me faltavam. Mas, ao contrário, a cada consulta de meu espírito em busca dessa terrível palavra, o oráculo respondia com uma imagem diferente. Eram todas ingênuas. Nenhuma exatamente anulava a sensação de não entender.*
>
> *Vinham-me nesgas de sonho.*
>
> *Eu formava figuras que chamava de "intelectuais". Homens quase imóveis que causavam grandes movimentos no mundo. Ou homens muito animados, cujas vivas ações das mãos e das bocas manifestavam potências imperceptíveis e objetos essencialmente invisíveis. (...).*
>
> *Homens de pensamento, Homens de letras, Homens de ciência, Artistas — Causas, causas vivas, causas individuais, causas mínimas, causas que continham causas e inexplicáveis para elas mesmas —, e causas cujos efeitos eram tão vãos, mas ao mesmo tempo tão prodigiosamente importantes, que eu desejava isso... O universo dessas causas e de seus efeitos existia e não existia. Esse sistema de atos estranhos, de produções e de prodígios possuía a realidade todo-poderosa e nula de um jogo de cartas. Inspirações, meditações, obras, glórias, talentos, dependia de um certo olhar que tais coisas fossem quase tudo, e de certo outro que fossem reduzidas a quase nada.*
>
> *Em seguida, numa luz apocalíptica, pensei entrever a desordem e a fermentação de toda uma sociedade de demônios. Surgiu, num espaço sobrenatural, uma espécie de comédia das coisas que acontecem na História.*

A última frase aponta para a origem, em *Monsieur Teste*, daquilo que será uma constante em toda a obra de Valéry: a invenção de uma *Comédia Intelectual*, que ele, em vários textos posteriores, via como sucedânea da *Divina* e da *Humana*, e que teria, como capítulos essenciais, os textos sobre Leonardo da Vinci, aqueles sobre Descartes e encontraria o seu coroamento com os *Cahiers, work-in-progress* de toda a sua existência.

Na verdade, os quatro últimos textos deste livro, fragmentos colhidos pela posteridade, são bem a indicação de continuidade: seja no *Passeio com Monsieur Teste*, onde as observações de exterior são, por assim dizer, consumidas, pelo *Diálogo* que é, de fato, mais consigo mesmo do que com um narrador-interlocutor, seja na conferência *Para um retrato de Monsieur Teste*, em que o essencial é que *não existe uma imagem certa de Monsieur Teste*, quando se diz que *uma das idéias fixas de Teste, e não a menos quimérica, foi a de querer conservar a arte — Ars — ao mesmo tempo em que exterminava as ilusões de artista e de autor*, seja na retomada do diário de idéias em *Alguns pensamentos de Monsieur Teste*, seja, por último, em *Fim de Monsieur Teste*, todos os textos apontam para aquela obsessão com o *não acabar* de uma linguagem cujo alvo é antes a intensidade especulativa do que o resultado tranqüilo de uma *obra*.

Vindo de Flaubert, de Huysmans ou de Poe, mas sem que se esqueça a figuração do homem agônico da sociedade burguesa que está em Dostoiévski, por exemplo, e que, mais tarde, estará em Musil, em Kafka, em Thomas Mann, Joyce ou no Bernardo Soares de Fernando Pessoa, o *Monsieur Teste* de Valéry é, sem dúvida, um capítulo central daquela *Comédia Intelectual* tão sonhada e acalentada por seu criador.

Lidos neste contexto amplo, os capítulos deste livro sugerem uma continuidade de leitura que está para além do *Fim de Monsieur Teste*: uma continuidade que tem a ver, sobretudo, com a própria noção de literatura, seus poderes de representação e suas infinitas razões para a melancolia.

OS *CADERNOS* DE PAUL VALÉRY

Não são cadernos de leitura nem notas íntimas de um diário, como eram, por exemplo, aqueles de seu grande amigo André Gide. (De quem, aliás, foi recentemente republicado o famoso *Journal*, numa magnífica edição da Gallimard, na coleção Pléiade, em dois volumes que recuam para 1887 o início de sua composição, editados por Éric Marty.) Não são também notas de um escritor que façam convergir acontecimentos circunstanciais e experimentos ficcionais numa estrutura compósita em que a história e a ficção se revezam e se confundem por força do imaginário como é o *Diário de um escritor*, de Dostoiévski, sobre o qual já me detive em páginas anteriores.

Como definir os *Cahiers*, de Paul Valéry?

A história de sua composição é bem conhecida e as referências a eles são abundantes, sobretudo a partir da edição fac-similar realizada pelo C.N.R.S. em 29 volumes, de aproximadamente mil páginas cada um, publicados entre 1957 e 1961 e, sobretudo, a partir da edição da Gallimard, na "Bibliothèque de la Pléiade", na verdade uma antologia, editada por Judith Robinson em dois volumes publicados em 1973 e 1974. A mesma editora-crítica (agora assinando Judith Robinson-Valéry, depois de seu casamento com um dos filhos do escritor), em parceria com Nicole Celeyrette-Pietri, encarregou-se da "edição integral" dos *Cahiers*, pela mesma Gallimard, cujo primeiro volume foi publicado em 1987 e o último, o sexto, a que só agora tive acesso, em 1997. Os seis volumes publicados trazem, como subtítulo, as datas 1894-1914 e, a partir do quarto, uma maior especificação cronológica: 1900-1901, 1902-1903 e 1903-1904, respectivamente. São, portanto, dez anos de publicação (1987-1997) que correspondem rigorosamente a dez anos de escritura dos *Cahiers* (1894-

1904). Como se sabe que a composição dos *Cahiers* somente foi interrompida em 1945, com a morte de Valéry, é de imaginar que a publicação da "edição integral" ainda deva incluir mais uns quarenta anos da tensa e bela prosa valeriana, pois o seu exercício transcorreu durante cinqüenta e um anos precisos.

Por outro lado, os anos que correspondem à publicação desses seis volumes são anos em que Paul Valéry publica apenas dois livros, a *Introduction à la méthode de Léonard de Vinci*, em 1895, e *La soirée avec Monsieur Teste*, em 1896, embora escrevesse e reescrevesse os poemas que comporão o primeiro de seus dois livros de poemas, *Album de vers anciens*, que somente será publicado em 1920. O segundo é, como se sabe, *Charmes*, de 1922. E antes dos dois, é que se deu a publicação daquele poema que, de uma vez por todas, impôs o nome de Valéry como um dos mais importantes poetas do século, *La jeune parque*, de 1917, que, certamente, foi responsável, dada a visibilidade que deu ao poeta, pela publicação daqueles dois outros volumes de poemas.

É possível dizer que a leitura desses seis volumes dos *Cahiers* sairá ganhando se for feita simultaneamente com a leitura dos dois livros publicados nos anos 90, da mesma maneira que a leitura daqueles livros sairá enriquecida por aquilo que for possível apreender da leitura dos *Cahiers*. É que, entre estes e aqueles, parece haver uma relação substancial: quer num caso, quer no outro, o que se lê é uma prosa que foge aos mecanismos de repetição, seja de uma forma de pensar aprisionada pelos limites do bom senso, seja de uma linguagem esgotada pelos limites da representação. Para além do bom senso e da representação, a prosa de Valéry, sobretudo nestes seus ensaios iniciais como escritor, cava o espaço *en abîme* que se abre pela procura de uma maneira de pensar e de dizer sem concessões.

Assim como o método de Leonardo é e não é **de** Leonardo, porque este só existe, no texto de Valéry, como uma linguagem de busca de relações e analogias, ou uma "lógica imaginativa", como ele preferia chamar, e por isso a figura real do mestre italiano parece se desfazer por entre a multiplicidade das invenções de que foi capaz; assim como o personagem Edmond Teste apenas existe no momento fugaz das enunciações de outros personagens, fugindo a qualquer possibilidade de representação realista,

Os Cadernos *de Paul Valéry*

desvencilhando-se, deste modo, daquela *bêtise* que o narrador recusa como sendo seu *fort* com que abre a narrativa; assim aquele que escreve os *Cahiers* é e não é o poeta de *La jeune parque*, do *Album de vers anciens* ou de *Charmes*, à medida que a escrita que ali se revela está sempre aquém ou além da realização de uma obra mas, ao mesmo tempo, inclui em sua formulação, que só é argumento no sentido mais inglês de discussão, uma desconfiança, que é sempre poética, para com os valores da linguagem. *Aquém*, porque vestígios desordenados e à margem de uma obra já realizada, como acontece claramente nas páginas iniciais dos *Cahiers* com relação às duas obras dos anos 90 referidas, e *além* porque casulos de reflexões que serão retomadas posteriormente. Deste modo, como não perceber a presença das reflexões sobre o método de Leonardo no texto seguinte:

> *Un objet ou un fait, arbre, paysage, pensée, mouvement se place dans une classification des choses connues fondée sur la moindre action imaginative et logique. Cette moindre action se voit dans l'engendrement de la géométrie, dans l'association des idées, dans les arts naissants, grandissants, dans la* loi *de l'évolution — partout! dans tout déplacement spirituel. On arrive de suite à établir des ordres de symétrie suivant la différence des parties de tout accord, c'est-à-dire de toute chose considérée finie, fermée.*
>
> *J'appelle ordre de symétrie d'un objet le nombre d'objets qu'il faut supposer pour reconnaître ou imaginer cet objet (??—). L'objet est le lieu des conditions qu'il implique. Si on prend alors un autre objet quelconque plus CONNU et qu'on y rapporte les conditions du 1er on obtiendra en plus connu ce lieu ou objet dans le langage du 2ème.*[1]

---

[1] "Um objeto ou um fato, árvore, paisagem, pensamento, movimento, colocam-se numa classificação das coisas conhecidas fundada sobre a mínima ação imaginativa ou lógica. Esta ação mínima se vê no engendramento da geometria, na associação de idéias, nas artes nascentes, crescentes, na *lei* da evolução — em tudo! em todo deslocamento espiritual. Chega-se em seguida a estabelecer ordens de simetria seguindo a diferença das partes do conjunto, isto é, de toda coisa considerada terminada, fechada.

"Chamo ordem de simetria de um objeto o número de objetos que é preciso supor para reconhecer ou imaginar este objeto (??—). O objeto é o lugar das condições que ele implica. Se se toma então qualquer outro objeto mais CONHECIDO e para aí se levam as condições do 1º se obterá como mais conhecido este lugar ou objeto na *linguagem* do 2º."

E como não reconhecer em outro texto, o que se vai ler em seguida, a linguagem enviesada das apreensões tumultuadas de sensações e pensamentos que percorre tão continuamente a formação da imagem daquele Monsieur Teste da *Soirée*:

> *...Des milliers de souvenirs d'avoir senti la solitude et souhaité avec rage la fin des mauvais temps ou de la pensée.*
> *Peut-être ne laissera-t-il qu'un amas informe de fragments aperçus, de douleurs brisées contre le Monde, d'années vécues dans une minute, de constructions inachevées et glacées, immenses labeurs pris dans un coup d'oeil et morts.*
> *Mais toutes ces ruines ont une certaine rose.*[2]

Entre a obra feita e aquela a fazer, a linguagem dos *Cahiers* ocupa um espaço de tensão reflexiva para onde converge tudo o que a mente busca traduzir como sinais da existência.

No primeiro texto transcrito, os sinais são, por assim dizer, captados por uma linguagem que se pretende lógica e classificatória mas que, exatamente por ser linguagem, incide sobre os elementos que constituem uma outra lógica, que é também imaginativa, embora para a sua expressão ecoem os termos de uma matemática revelada, sobretudo, na abstração de conteúdos, respondendo uns aos outros a partir de um princípio forte de relações e analogias. E é só assim que é possível evitar a contradição em que a "ordem de simetria" inclui a assimetria da variedade das coisas do mundo. Uma espécie de desordem essencial que se recupera pela ordenação imposta pela imaginação.

Desse modo, ao mesmo tempo em que por aqui se percebe a sombra daquilo que a leitura dos textos de Leonardo, assim como a meditação sobre suas realizações criadoras, pôde significar para o jovem de pouco mais de vinte anos ensaiando-se na linguagem da poesia, é possível também

---

[2] "...Milhares de lembranças de ter sentido a solidão e almejado com raiva o fim do maus tempos ou do pensamento.
"Talvez ele não deixará senão um resto informe de fragmentos percebidos, de dores espatifadas contra o Mundo, de anos vividos num minuto, de construções inacabadas e frias, imensos trabalhos vislumbrados e mortos.
"Mas todas estas ruínas contêm uma certa rosa".

antever o modo pelo qual a criação poética em Valéry estará sempre acompanhada de um *journal de bord* em que o poeta vai, como ele dirá mais tarde, *notant jour par jour et presque heure par heure ce qui est la route vers l'ouvrage* (anotando dia a dia e quase hora a hora aquilo que é o caminho para a obra).

Por outro lado, o segundo texto, aquele que parece saído do *Log-Book* de Monsieur Teste, deixa ver em que medida os *Cahiers* acolhem também fios de sensações, ou melhor ainda, de pensamentos sobre sensações que aguardam a simetria possível daquela rosa que explode na última frase.

Os *Cahiers*, entretanto, não permitem definições parciais: solicitam, ao contrário, que o leitor se deixe contaminar pelo esforço de esclarecimento e de montagem de relações que as suas páginas propõem. É de crer que, para Valéry, sendo um exercício diário por mais de cinqüenta anos, a escritura dessas páginas fosse um lugar reservado, não para a liberação recreativa de alguma intimidade, mas para a intensificação daquilo que fora distendido pela realização de alguma obra. O poder de fazer seria matar o desejo de fazer que, somente ele, para Valéry, seria essencial como alimento da inteligência. É o que está dito numa frase do último volume dos *Cahiers*:

> *Le désir de faire excite le pouvoir de faire qui tue le désir.* (O desejo de fazer excita o poder de fazer que mata o desejo.)

Sendo assim, o que os *Cahiers* recolhem são aqueles momentos de linguagem que, livres de um propósito de realização de obra, desdobram os próprios valores de significação que o trabalho com a linguagem vai impondo àquele que a utiliza. E, a partir disso, as perguntas são infinitas: quem fala, ou quem escreve, aquilo que se diz passa por uma consciência que sabe de si mesma ou desconhece a sua procedência, há um peso físico para as sensações ou estas derivam de uma energia da qual não é possível medir a potência, perguntas cujas respostas, para Valéry, são tramadas pelas contribuições possíveis das mais diversas ciências de seu tempo, da psicologia à física, da filologia à neurofisiologia (por isso mesmo, diga-se entre parênteses, são constantes as leituras dos *Cahiers* por homens de ciências, tal como está documentado, por exemplo, no livro precioso, editado também por Judith Robinson-Valéry, *Fonctions de l'esprit. Treize savants redécouvrent Paul Valéry*, Paris: Hermann, 1983), em que físicos, neurologistas, matemáticos, ou um químico-físico como Ilya Prigogine, discutem páginas da obra de Valéry e sua contribuição para as suas áreas específicas de atuação.

Para o leitor do poeta e ensaísta Paul Valéry, no entanto, talvez a maior contribuição dos *Cahiers* esteja precisamente na complexidade de seu projeto: o sentido de uma prosa configurada pela intranqüilidade da reflexão e pela experiência com os limites e as possibilidades da própria linguagem.

Sem desconhecer o fato de que alguns de seus temas são de grande importância não apenas para o conhecimento do próprio Valéry, como da mais ampla teoria poética, e é o caso daquilo que está no que chamou de caderno *Júpiter*, e que constitui o sexto e último volume dos *Cahiers*, isto é, notas em torno da idéia de *atenção* (e como isto tem grande alcance para uma boa parcela da melhor poesia moderna!), a maior significação dos *Cahiers* está, para mim, na própria estruturação da obra, e na linguagem que a conforma, lugar simultâneo de reunião e de dispersão, imagem viva do intervalo entre biografia e escritura que somente a prosa de fragmentos de Valéry é capaz de preencher.

Como definir os *Cahiers*, de Paul Valéry?

Pensando-os como parte daquele mosaico de obras do século XX para as quais, como queria Joyce para a sua, será indispensável a insônia de um leitor do século que se anuncia. Aquela *insônia de Monsieur Teste* que um seu grande leitor de nosso tempo e de nosso país, João Cabral, soube fisgar:

> *Uma lucidez que tudo via,*
> *como se à luz ou se de dia;*
> *e que, quando de noite, acende*
> *detrás das pálpebras o dente*
> *de uma luz ardida, sem pele,*
> *extrema, e que de nada serve:*
> *porém luz de uma tal lucidez*
> *que mente que tudo podeis.*

O *FAUSTO* DE VALÉRY

Estes esboços para um *Faust*, de Paul Valéry (1871-1945), *Lust* e *Le solitaire*, a que ele, num gesto de limitação consciente, chamará depois de *Mon Faust*, traduzidos com competência e sensibilidade por Lídia Fachin e Sílvia Maria Azevedo, é, talvez, uma das últimas grandes encarnações, na poesia do Ocidente, do grande mito.

Disse esboços, seguindo o autor, como poderia ter dito fragmentos, pois nem mesmo a primeira parte, a *Comédia*, com o subtítulo de *La demoiselle de cristal*, era, para o autor, uma parte completa e seu quarto e último ato termina com a indicação de *manque* (falta).

Quanto ao segundo esboço, *Le solitaire ou les malédictions d'univers*, chamada pelo autor de uma *féerie dramatique*, é apenas um diálogo entre Fausto, Mefistófeles e sua reencarnação, O Solitário, seguido de um *intermezzo*, onde, de acordo com a definição de *féerie*, comparecem as fadas, isto é, um grupo de fadas que assumem o papel de coro e, em seguida, o diálogo com duas fadas travestidas de personagens.

Por esta descrição sumária, vê-se como é mínima a ação dos dois fragmentos e o seu maior interesse está, a meu ver, e como quase sempre ocorre no caso de Valéry, naquilo que os textos incorporam como reflexões poéticas acerca da historicidade do próprio mito, fazendo convergir aspectos do *Fausto* histórico e de suas representações literárias, em que sobressai, está claro, a de Goethe.

Há, portanto, algo de irônico no título utilizado por Valéry para nomear a sua versão. O possessivo não parece indicar uma afirmação de originalidade, sendo antes uma declaração de possibilidade: aquilo que resultou, poeticamente, de um périplo por entre as numerosas versões que a história da poesia registra do mito.

Daí a nota *ao leitor de boa-fé e de má vontade*: a posse da herança literária, que em alguns pode provocar *má vontade* de aceitação, afirmada pelo autor como uma ousadia, busca justificativa precisamente em sua explicitação, desobrigando os personagens de qualquer outra aventura extraordinária além daquelas que já se teriam incorporado à tradição do mito.

Ou, nas palavras da nota de advertência do próprio Paul Valéry:

> *O criador destes dois, Fausto e O outro, concebeu-os de forma a que se tornassem, a partir dele, instrumentos do espírito universal: que ultrapassassem aquilo que foram em sua obra. Mais do que papéis atribuiu-lhes "emplois", consagrou-os para sempre à expressão de certos extremos do humano e do não humano, desobrigados assim de qualquer aventura extraordinária. É disso então que ousei me apossar.*

E, em seguida, a justificativa mais ampla, de ordem pessoal e histórica:

> *Tantas coisas mudaram neste mundo, de cem anos a esta parte, que nos poderíamos deixar seduzir pela idéia de introduzir em nosso espaço, tão diferente daquele dos primeiros lustros do século XIX, os dois famosos protagonistas do **Fausto** de Goethe.*

E, finalmente, ainda na nota, a história da origem da obra e de suas intenções secretas:

> *(...) num certo dia de 1940, surpreendi-me falando comigo mesmo a duas vozes e então me pus a escrever ao correr da pena. Esbocei, portanto, ardorosamente e — confesso — sem plano, sem preocupação de ações nem de dimensões, os atos que ora apresento, de duas peças muito diferentes, se é que se pode considerá-las peças. Num secreto intento, eu delineava vagamente o projeto de um III Fausto que poderia compreender um número indeterminado de obras mais ou menos feitas para o teatro: dramas, comédias tragédias, **féeries**, conforme a ocasião; verso ou prosa, conforme o humor, produções paralelas, independentes, mas que, eu sabia, não existiriam jamais...*

Numa passagem da rubrica **Ego scriptor** dos *Cahiers,* intitulada *"Note sur Mon Faust"*, Valéry é ainda mais explícito sobre as origens da obra:

> *Tenho às vezes pensado, desde x anos, que o Fausto de Goethe era mais do que centenário; que muitas coisas nasceram depois dele; que seu personagem e o de seu comparsa ilustre poderiam servir para novos olhares sobre o mundo atual. (...)*
>
> *Ora, em julho de 40, encontrando-me em Dinard, tendo sido informado bastante depressa que meus filhos e meu genro, sãos e salvos, se tinham maravilhosamente reencontrado em Clermont-Ferrand, meu peito subitamente liberto de um peso de angústia, eu dispunha de um tempo vazio e indefinidamente livre; pus-me um dia a improvisar, sem motivo, sem objetivo nem plano, sem nada de preconcebido, um diálogo entre um Fausto e um Mefistófeles. Diálogo semi-sério; sério no fundo e antes blague na forma. Não restou deste diálogo senão fragmentos que em seguida utilizei.*
>
> *Tendo tomado gosto em meus fantoches, comecei — (sempre sem plano) — duas peças:* **Lust** *e* **O Solitário ou As maldições do universo...**
>
> *Trabalhei com um entusiasmo... diabólico nestas peças, até o dia em que minhas crescentes hesitações sobre seu desenvolvimento e sobretudo Paris, e estes demônios agitados que são os Outros, obrigaram-me a suspender meu trabalho... até quando??*[1]

A data referida por Valéry para a origem do *Meu Fausto* — 1940 — é também a do início da última década da existência do poeta, que morre em julho de 1945, e que inclui, pelo menos, além da ininterrupta escritura dos *Cahiers*, que o acompanhava desde 1894, e de uma ou outra conferência, como o importante discurso sobre Voltaire pronunciado na Sorbonne em 1944, a tradução das *Bucólicas*, de Virgílio, realizada entre 1942 e 1944, e a última versão do poema *L'Ange*, cuja primeira redação é de 1922, datada de maio de 1945 e publicada em 1946, um ano depois de sua morte, numa edição em plaqueta da *Nouvelle Revue Française*.

Quanto ao *Meu Fausto*, a sua primeira publicação, com o título de

---

[1] Cf. Paul Valéry, *Cahiers I*, Édition établie, présentée et annotée par Judith Robinson. Paris, Gallimard, 1973, pp. 1458-9.

Études pour Mon Faust, é de 1941, numa edição de luxo para bibliófilos, limitada a vinte e dois exemplares, a que se segue uma nova edição, em 1944, na revista *Table Ronde,* com o título modificado para *Ébauches de Mon Faust.*

O título definitivo, *Mon Faust* (*Ébauches*) aparece numa edição da Gallimard em 1945, ainda limitada a cento e vinte exemplares, seis meses antes da morte do poeta, e a edição corrente, pela mesma editora, é de 1946.

Pela leitura recente de manuscritos de Valéry, sobretudo a correspondência e páginas dos *Cahiers,* reveladas numa exposição, em 1975, no Humanities Research Center da Universidade do Texas, organizada pelo curador daquele Centro, Carlton Lake, e intitulada *Baudelaire to Beckett: A Century of French Art and Literature,* e descritos por ele em livro publicado nos anos 90, fica-se conhecendo melhor o contexto pessoal dentro do qual ocorreu a elaboração de *Meu Fausto,* com a revelação muito surpreendente de um caso de relação amorosa de Valéry, então com sessenta e seis anos, e uma jovem, que teria metade de sua idade, Jeanne Loviton, e que usava o pseudônimo literário de Jean Voilier.

O caso, que teria se iniciado em 1937, segundo Carlton Lake, que viu e leu os manuscritos nas mãos do livreiro parisiense Georges Blaizot, de quem, depois, os adquiriu, *continuou pelos anos da guerra, iluminando a vida de Valéry e estimulando seus processos criativos. Gradualmente* — continua Lake — *tornou-se o mais significante elemento na elaboração daquilo que ele esperava seria a sua grande realização* — *uma peça baseada na lenda do Fausto. Ele tinha escrito três atos, com um quarto sendo planejado quando, no domingo de Páscoa de 1944, a jovem lhe anunciou que tinha decidido se casar. O noivo, de idade próxima à sua, era o editor Robert Denoël (...).*

Ele tentou se recuperar do choque. Encheu páginas e cadernos inteiros com cartas — *não enviadas* — *e poemas em que tentava fazer as pazes com a situação. Tentou afastá-la de sua mente e terminar seu trabalho sobre Meu Fausto. Nunca conseguiu. Sua saúde se exauriu e, no verão seguinte, ele morreu.*[2]

Por outro lado, a jovem, a quem Valéry sempre se refere em seus

---

[2] Cf. Carlton Lake, *Confessions of a Literary Archaeologist.* New York, A New Directions Book, 1990, p. 152.

textos como Héra, não chegaria a se casar pois o noivo seria assassinado em dezembro de 1945 e as suspeitas são de que por pessoas que se vingavam de suas atividades como colaborador dos nazistas durante a ocupação de Paris.

Não é impossível ver um certo paralelismo com aquilo que, de fato, ocorreu com o próprio Goethe, nos últimos anos de sua vida, quando uma nova paixão, e avassaladora, por uma jovem quase adolescente, Ulrike von Levetzow, foi, em grande parte, responsável pelo ressurgimento de forças criativas que pareciam adormecidas pelo avanço da idade.

Neste sentido, é interessante ler alguns trechos escritos por Valéry sobre Goethe, em seus *Cahiers*, sobretudo aquilo que está em anotação datada de abril de 1945, dois ou três meses antes de sua morte, e que faz parte do caderno *Ego*:

> *Fiquei chocado, lendo **Goethe e a arte de viver**, de Robert d'Harcourt, ao encontrar uma enorme quantidade de "fobias" e de manias comuns a Goethe e a mim — com diferenças essenciais, bem entendido. Mas o número e a energia de traços comuns são notáveis.*
>
> *Minha **mão** parece muito com a sua (...) e as duas são muito diferentes das de Hugo. Mas que contrastes: o sentido da ordem, a arte de se esconder, etc. Não sei nada disso.*
>
> *Isto não teria interesse se não se fizesse um levantamento cuidadoso das diferenças.*
>
> *Ad(enda). Encontro também, nesta leitura, aspectos de Goethe que se encontram em **Meu Fausto** e que eu ignorava antes de escrever este Fausto.*
>
> *Assim a cena do discípulo em **Lust** e a grande cena do ato II.*
>
> *Não sei absolutamente como apresento estas semelhanças notáveis de ego-estesias com Goethe, enquanto, sobre os aspectos opostos, ele parece-me se assemelhar enormemente a Gide. Plantas, insetos, fugas, atitudes estudadas, discípulos, etc.*
>
> *Talvez existam ressonâncias **crononômicas**.*
>
> *Sinto-me cada vez mais 17... Eu me empanturro de Voltaire (cartas) há um mês.*
>
> *É um personagem capital. Sua linha de frente é não crer em nada*

— ou crer não crer em nada — e ele impõe ao público esta atitude. Ele tem, além disso, um "grande público" para a liberdade de pensar. Não é mais coisa reservada. Daí todos os grandes homens do século Luiz XIV parecerem pequenas crianças — Racine etc. crianças de coro, embaraçadas por muitas velharias. Cf. O que diz Voltaire de Pascal.

Em suma, Voltaire divide o curso do pensamento europeu. Depois dele, tudo o que é pensamento religioso torna-se caso particular, paradoxo, **parti-pris.**[3]

O *empanturramento* de Voltaire, a que se refere Valéry, era, como se sabe, preparação para a sua conferência na Sorbonne por ocasião dos 250 anos de nascimento de Voltaire, pronunciada em 10 de dezembro de 1944.

Ora, é precisamente neste discurso que ele começa retomando um tema que o vinha inquietando desde as suas preocupações iniciais com Leonardo da Vinci, ou seja a idéia de uma *Comédia Intelectual* e que é formulada, creio que pela primeira vez, no texto que se acrescentou à *Introdução ao método de Leonardo da Vinci*, que é de 1894, *Note et digression*, de 1919. Ali está dito:

Eu via nele (Leonardo) o personagem principal desta comédia intelectual que não encontrou até aqui o seu poeta, e que seria para meu gosto bem mais preciosa ainda do que **A Comédia Humana**, *e mesmo do que* **A Divina Comédia.**

Sentia que este mestre de seus meios, este possuidor do desenho, das imagens, do cálculo, tinha encontrado a atitude central a partir da qual os empreendimentos do conhecimento e as operações da arte são igualmente possíveis; as trocas felizes entre a análise e os atos, singularmente prováveis: pensamento maravilhosamente excitante.[4]

Na conferência de 1944, o tema reaparece de modo bem mais explícito e elaborado. Ali diz Valéry:

Acontece-me muito freqüentemente sonhar com uma obra singular,

---

[3] Paul Valéry, *Cahiers I*, op. cit, pp. 230-1.
[4] Idem, *Oeuvres* I. Édition établie et annotée par Jean Hytier. Paris, Gallimard, 1957, p. 1201.

O Fausto *de Valéry*

*que seria difícil de fazer, mas não impossível, que alguém algum dia fará, e que teria lugar no tesouro de nossas letras, junto à **Comédia Humana,** de que seria um desejável desenvolvimento, consagrada às aventuras e às paixões da inteligência.*

Seria uma comédia do intelecto, o drama das existências dedicadas a compreender e a criar. Ver-se-ia ali que tudo o que distingue a humanidade, tudo o que a eleva um pouco acima das condições animais monótonas é a existência de um número restrito de indivíduos, aos quais devemos o que pensar, como devemos aos operários o que viver.[5]

Esta *comédia do intelecto*, ou a aspiração por ela, como manifestada em trechos numerosos de sua obra, foi, como já se viu, a partir do personagem Leonardo da Vinci, encontrando sucessivas encarnações na obra de Valéry, culminando com este *Mon Faust*, ou *Fausto III,* a que, numa página dos *Cahiers*, ele se pergunta se não poderia ser identificado com o personagem de *Teste:*

Fausto III? Teste?
Desprezo o que sei — o que posso.
O que posso é da mesma fraqueza ou força que o meu corpo. Minha "alma" começa no próprio ponto em que não vejo mais, onde nada mais posso — onde meu espírito se forma o caminho diante de si mesmo — e voltando de sua maior profundidade, olha com compaixão o que assinala a linha da sonda e o que indica a isca onde se encontram as presas lastimáveis apanhadas no abismo medíocre... que sacrifícios, que acasos para essa captura! (...)[6]

Desta maneira, este almejado Fausto III, que não chegou a se alcançar, era, ao mesmo tempo, uma continuação, *et pour cause* uma leitura, dos dois Faustos goethianos. Leitura e continuação por alguém, como Valéry, que já passara pela experiência do chamado *Ciclo Teste*, quer dizer, pela experiência de contribuir, com a criação do personagem de Edmond Teste,

---

[5] Idem, ibidem, p. 518.
[6] Cf. Paul Valéry, *Cahiers II*. Édition établie, présentée et annotée par Judith Robinson. Paris, Gallimard, 1974, p. 1350.

para a galeria daqueles personagens capazes de integrar a tão sonhada *Comédia Intelectual*.

E em, pelo menos, três passagens dos *Cahiers*, o próprio Goethe é percebido também como personagem daquela *Comédia*.

A primeira, que se encontra, como as demais, sob a rubrica de *Littérature,* é de 1902-3:

> *Goethe foi um comediante. Ele representou a comédia do intelecto e desempenhou o papel de representante da inteligência.*
>
> *A dificuldade deste papel era que seria preciso não o ser para bem parecer. É impossível desempenhar simultaneamente o personagem e a realidade do intelecto dominador.*
>
> *E a sabedoria, como se diz de Goethe, consiste em assumir os dois lados, mas sobretudo o teatral.*[7]

A segunda passagem é de 1907-8:

> *Goethe, rei dos empresários. Deu a forma mais **distinta** ao charlatanismo descoberto por Voltaire que, numa época favorável, fez do homem de letras um ídolo universal, político, prostituído — uma espécie de César Augusto elevado pela opinião — como se o melhor pudesse se elevar pelo vulgar. Seguiram Lamartine, Hugo. Depois, a dissolução do Império e os mil Augustinhos da imprensa e do telégrafo.*[8]

Finalmente, a terceira passagem é apenas uma frase, mas que segue um longo texto, intitulado *A comédia do espírito,* fazendo com que o nome de Goethe pareça coroar as reflexões ali contidas. Ambos, texto e frase, são de 1931. Eis a frase:

> *Goethe — comediante — da profundeza.*[9]

E eis trechos do texto:

---

[7] Paul Valéry, *Cahiers II*, op. cit., p. 1149.
[8] Idem, ibidem, p. 1153.
[9] Idem, ibidem, p. 1219.

> *Quantos homens que escrevem não têm consciência de tudo o que o simples fato de escrever impede escrever.*
>
> *Em particular, toda proposição que contradiz a própria aplicação à **escritura** e que ela contradiz. Não devo dizer com arte e cuidado visível que sou um homem perdido ou no cúmulo da infelicidade (Pascal). Não devo me fazer de tolo, quando o próprio anúncio do projeto, sua perfeição, o sistema visível de afastar aquilo que não é bastante tolo de minha obra, denunciam e destroem o projeto. Escolho, portanto dirijo, e não sou aquele que quero oferecer à imaginação. Quero parecer sincero: isto se fabrica através de meios bem visíveis. (...).*
>
> *Escrever é entrar em cena. Não é preciso que o ator proclame que ele não é um comediante. Não se escapa disso. Estas observações não tiram nada do talento das pessoas. Elas lhes mostram bastante ingênuas para crer que somos bestas.*
>
> *Em suma, não gosto que se tente agir sobre o público como se o público fosse inerte e devesse suportar, sem reagir, às tentativas do autor. (...)*
>
> *Eis porque o que reprovo aqui **goza** de um grande e **legítimo** favor: deleito-me como um **outro** de Brulard e de Pascal.*
>
> *Mas divirto-me, além disso, com suas pretensões.*[10]

Na verdade é deste cruzamento entre idéias sobre uma *comédia do espírito*, que nunca deixou de persegui-lo, e as leituras incessantes que faz de Goethe em seus dois Faustos, que Valéry pensa e executa a sua versão do mito.

Embora incompleta, segundo o próprio poeta, a obra que se constitui de três atos de *Lust* e da *féerie* dramática *O Solitário ou As maldições do universo*, fragmentos de um III Fausto, que viria, para Valéry, completar, problematizando, os dois de Goethe, possui, no entanto, um sentido de composição muito claro e bem delineado.

Deste modo, o primeiro ato de *Lust*, que se passa no gabinete de Fausto, se desenvolve em três cenas.

A primeira, um longo diálogo entre Fausto e Lust, sua secretária, a quem ele apelidará de *donzela de cristal*, o que fará a alegria da jovem

---

[10] Paul Valéry, *Cahiers II*, op. cit., pp. 1218-9.

(*Oh! que título lindo!... A Donzela de Cristal! E dá um belo nome: Lust de Cristal... Viscondessa Lust de Cristal... Com ele pode-se assinar romances...*) que se encarrega de anotar as idéias para um livro a ser escrito pelo doutor.

Livro que será, em seguida, já na segunda cena, a de introdução do personagem Mefistófeles e de seu diálogo com o Doutor Fausto, definido pelo próprio doutor no seguinte trecho de diálogo:

> FAUSTO
> *Ouça: quero fazer uma grande obra, um livro...*
> MEFISTÓFELES
> *Você? Não lhe basta ser você próprio um livro?...*
> FAUSTO
> *Tenho minhas razões. Seria uma miscelânea que reúna minhas verdadeiras com minhas falsas lembranças, minhas idéias, minhas previsões, hipóteses e deduções bem pensadas, experiências imaginárias: todas as minhas diferentes vozes! Poder-se-á começar a leitura por onde se quiser e interrompê-la em qualquer parte...*

(Pergunte-se, entre parênteses: não há nesta definição do livro desejado pelo doutor alguma coisa que lembra de muito perto a execução fragmentária por Valéry das páginas de seus *Cahiers?*)

Se não, leia-se mais dois trechos do mesmo diálogo que me parecem responder positivamente à interrogante parentética:

> FAUSTO
> *...Quero que esta obra seja escrita num estilo de minha invenção, que permita passar e repassar maravilhosamente do extraordinário ao comum, do absoluto da fantasia ao rigor extremo, da prosa ao verso, da verdade mais chã aos ideais mais... mais frágeis...*
> MEFISTÓFELES
> *Não conheço nada igual.*
> FAUSTO
> *Um estilo, enfim, que despose todas as modulações da alma e todos*

os sobressaltos do espírito; e que, como o próprio espírito, por vezes volte àquilo que exprime para sentir-se aquilo que exprime, e se faça reconhecer como vontade de expressão, corpo vivo daquele que fala, despertar do pensamento que subitamente se surpreende de ter podido por um momento confundir-se com algum objeto, embora esta confusão seja precisamente sua essência e seu papel...

Mas, enquanto Fausto pretende criar algo novo e não apenas copiar o já existente, orientando a sua experiência passada para a descoberta de novos caminhos e novas relações possíveis — uma das razões que explicam a sua diferença para com o Fausto de Goethe, conforme o próprio Valéry naquela *Note sur Mon Faust* já citada —, o seu Mefistófeles quer repetir artimanhas e trejeitos, exercitando a sua maldade, conforme manda a tradição.

Sejam lidos alguns trechos daquela *Nota* antes de se passar à cena terceira, em que se concretiza a permanência de Mefistófeles em si mesmo ao tentar atrair Lust para suas garras, repetindo o destino de Margarida. Diz Valéry:

> *"Meu Fausto" é muito diferente do Fausto de Goethe. É aquele que quis viver de "uma vez por todas" Ele não quer por nenhum preço nem sobreviver nem reviver sob qualquer forma e sob qualquer condição. Parece, todavia, tanto quanto se possa saber, que lhe foi infligido por castigo reviver. Ele conhece a vida de cor e precisa sofrê-la. Ele ressente os acontecimentos e todo o resto, os mesmos desgostos que um homem acha em seu trabalho após vinte anos exercendo-o. O próprio imprevisto faz parte deste previsto enjoativo. Mas um certo resto de sentimento torna-o bastante enternecido para com sua secretária Lust que é tomada de uma singular paixão por ele que não se resolve em amor do tipo clássico. Mefistófeles é antes ridicularizado. Fausto o trata como inferior e lhe demonstra que os "espíritos", por definição, não têm espírito, não podem pensar... (...)*[11]

Na terceira e última cena deste primeiro ato, em que comparecem as mesmas personagens das cenas anteriores e onde se dá o encontro entre

---

[11] Cf. Paul Valéry, *Cahiers II*, op. cit., p. 1459.

Lust e Mefistófeles, não obstante todas as admoestações de Fausto (eis o diálogo:

> FAUSTO
> *Espírito do Mal, não me vá atiçá-la contra mim...*
> MEFISTÓFELES
> *Bobagem. Só quero lhe passar alguma idéia do Diabo. Uma mera impressão.*),

a jovem *Senhorita de Cristal* é arrastada por Mefistófeles numa espécie de transe hipnótico que se inicia pela seguinte fala:

> MEFISTÓFELES
> *Chegue perto de mim. Aproxime-se... Aproxime-se... Está vendo, você agora já se aproxima sozinha... Olhe-me nos olhos. Bem fixamente... Mais fixamente...*,

culminando com a longa e bela fala de envolvimento e sedução em que Mefistófeles parece, de fato, incorporar a personalidade daquele *Eros energúmeno* que antes fora referido pela própria Lust num erro de leitura do texto ditado pelo doutor — uma espécie de registro psicanalítico de grande intensidade. Eis a fala:

> MEFISTÓFELES
> *Não... Não... aproxime-se um pouco mais de mim, Donzela de Cristal! Quero vê-la em transparência... À minha maneira. Venha, venha...* (Ela vai como que hipnotizada.) *Isto... assim...Vire-se... De costas... Assim, isto. Agora, não tenha medo... Sem medo? Ainda sem medo? Assim... Agora vou pegar sua nuca. Assim, Não a estou machucando? Nunca machuco ninguém. Assim. Devagarinho. Muito devagar... Assim...* (Ela treme da cabeça aos pés.) *Estou machucando você? Não...* (Bem lentamente, um tempo entre cada sílaba, e com uma voz profunda.) *Es...ta noi...te, es...ta noi...te, vo...cê dei...tou às duas ho...ras* (Um tempo.) *Fa...zi...a ca...lor, mui...to ca...lor, de...mais ca...lor... Vo...cê a...dor...me...ceu a...dor...me...ceu... de... cos...tas, de...*

cos...tas pro...fun...da...men...te, ...e... vo...cê so...nhou, so...nhou, so...nhou que... (Fala-lhe ao ouvido: ela se torce voluptuosamente nas mãos de Mefistófeles.) *Bem... De...pois... vo...cê des...per...tou, vo...cê... des...per...tou, e des...per...ta, vo...cê se...*

(Diz-lhe algumas palavras ao ouvido e retira a mão. Lust cai de joelhos, em seguida sobre as mãos; levanta-se sufocando o pranto e foge escondendo o rosto, ruborizada.)

As duas primeiras cenas do segundo ato, que se passa "no jardim diante da casa de Fausto", é de introdução de outro personagem — o Discípulo — e de seu diálogo com o doutor, em que este, assumindo a postura de glória que a vastidão de sua experiência e de seu conhecimento dos homens, das coisas e dos livros já lhe haviam granjeado, trata com desdém e superioridade o desconforto e a ingenuidade do Discípulo em se encontrar diante do Mestre.

Nem mesmo esta postura, entretanto, é suficiente para tranqüilizar a curiosidade e a ânsia natural de conhecimento do Discípulo, pois ela não revela senão um profundo desgosto por todo o já visto e vivido pelo Mestre:

DISCÍPULO
O senhor me desespera... Quem diria que iria encontrar, no ilustre Fausto, essa amargura profunda. O senhor ilumina tudo aquilo que amamos com uma luz estranha e fria.

E se ele procurara o Doutor Fausto para, como ele mesmo diz adiante, *obter (...) respostas que, saídas de sua boca, deveriam decidir minha carreira e me dar segurança em meus trabalhos*

o encontro se mostrava uma inteira decepção uma vez que as falas de Fausto não revelam senão uma segurança negativa pontilhada de uma miríade de inquietações, como se revela, por exemplo, em suas reflexões sobre o valor dos conselhos:

Fausto

...Mas, se estou entendendo, você esperava conselhos, meu jovem amigo? ...Mas o melhor dos conselhos não vale a menor imprudência e jamais evitou que aquele que cometeu um erro não o fizesse pela segunda vez. Asseguro-lhe que é preciso errar, e que nada de muito bom pode vir da experiência de outrem. Todos os políticos leram a história; dir-se-ia, entretanto, que a leram tão-somente para aprender a arte de reconstituir as catástrofes.

E diante do desespero do Discípulo, ao solicitar de Fausto algo que pudesse representar para si uma instigação transformadora, ou, como ele mesmo se expressa, *uma picada da serpente da sabedoria na carne de meu espírito, uma injeção de um veneno de transformação profunda e maravilhosa*, a resposta de Fausto se resume a uma frase — ***cuidado com o amor*** — que, ao lhe ser pedido pelo Discípulo para que a escrevesse, *de próprio punho*, em seu livro, recebe do doutor a seguinte resposta, cheia de ressonâncias míticas e biográficas:

Fausto

Já não escrevo mais. Dito. O simples fato de saber assinar meu nome custou-me bem caro, outrora, no tempo de minha velhice...

É exatamente a procura por alguém, que lhe tomasse o ditado da frase que lhe fora oferecida por Fausto, que provoca o encontro do Discípulo com Mefistófeles de que se encarrega a terceira cena deste ato.

Mas tanto esta cena quanto a quarta, breves intervalos, não são senão preparações para a quinta e admirável cena em que Valéry, através de um longo diálogo entre Fausto e Lust, recupera, por assim dizer, não apenas tematicamente o Éden Bíblico, mas faz com que a sua linguagem seja capaz de incorporar não somente significados bíblicos como uma vibração lírica que é reconhecidamente a característica deste entre os chamados *cinco livros de Moisés*.[12]

---

[12] Para traduções muito recentes deste livro bíblico, em que são precisamente acentuados tais valores de poeticidade, acrescentando-se viés erudito naquela direção, ver, por exemplo, Haroldo de Campos, *Éden. Um Tríptico Bíblico*. São Paulo, Perspectiva (Coleção Signos), 2004, e Robert Alter, *The five books of Moses. A translation with commentary*. New York, W.W. Norton & Company, 2004.

Na verdade, todo o diálogo é passado por uma exaltada sensação de deslumbramento que, começando pelo que há de agradável na tarde amena, cuja percepção chega mesmo a suspender o trabalho de ditado a que os dois deveriam se entregar, culmina e termina com uma extraordinária paródia no momento em que Lust oferece a Fausto um fruto, no caso um pêssego, tradução da maçã bíblica. Eis o trecho inicial:

> *FAUSTO*. Senta-se
> *Vamos. Vou ditar sem seguir uma ordem. As idéias não custam nada... A forma é que é custosa. Mas é preciso saber apreendê-las...*
> *LUST*
> *Entendi, Mestre.*
> *FAUSTO*
> *Bom, bom... Eu é que não sei mais se entendi.* (Um tempo) *Está divina esta tarde...* (Lust escreve)
> *LUST,* relendo.
> *"Divina, esta tarde..."*
> *FAUSTO*
> *Não... Não estou ditando... Eu existo. Está divina esta tarde. Muito boa, muito suave, bela até demais... A Terra é toda ternura...*

Agora, o trecho final:

> *FAUSTO*
> *...Vamos descansar... Vamos dar uma volta no jardim que a bruma da noite já encobre e para o qual a doçura confusa de trevas e árvores nos atrai...*
> *LUST*
> *Com prazer... Mas estou com uma sede!... Permita-me antes apanhar este belo pêssego...* (Colhe a fruta, dá uma mordida e a oferece a Fausto.) *Oh! que gostoso! E agora... é sua vez... E depois, minha vez de novo...*

Fausto pega o pêssego, dá-lhe uma mordida, devolve-o olhando para Lust. Ela lhe toma o braço, os dois saem pela esquerda.

Entre o trecho inicial e o final, entretanto, é todo um mundo de aproximações e recuos em que os dois personagens parecem, de fato, representar, com enorme intensidade, o jogo do erotismo que nada tem a ver com aquele *Eros energúmeno* que se traduz pela *convulsão grosseira*, diversas vezes repetida por Mefistófeles. Aqui é como se se estivesse em plena origem (paradisíaca) do amor. A sensação de existência revelada pelo velho Fausto vai encontrando uma revivescência pela memória de experiências passadas, sejam elas reais ou inventadas pela fantasia que melhor organiza o discurso erótico.

Por entre a euforia que domina as expressões de Fausto, ao se encontrar consigo mesmo por força da descoberta de suas potencialidades ainda vivas, passam, no entanto, estilhaços de uma memória que se faz consciência de uma decadência natural, como se verifica na fala de Mefistófeles, que é a única da sexta e última cena deste II ato e que segue imediatamente à cena do fruto:

> MEFISTÓFELES, vestido de verde como uma serpente, cai da árvore.
> *Frut... fru...to! De novo uma história de Frrutto... É uma reprise... E nunca ninguém se lembra de me oferecer, a mim, uma simples maçã, um pêssego ou uma pera! Sou um velho amigo das Árvores, mas é em vão que circulo entre elas, pois ainda não encontrei a árvore da Gratidão. A ingratidão para com o diabo é de praxe. Bah! (...)*
>
> *Que seria do Amor, sem a Serpente que fala? Uma monótona e periódica combinação dos sexos de acordo com a história natural (...) Que santa e tola simplicidade! Mas, meu FAUSTO, não abri o bico, desta vez. O réptil discreto deixou o jardim, os aromas, a noite, e a simples proximidade dos corpos agirem, de acordo com a eterna fórmula. O que ditará esse doce ditado? Estou louco para saber o que vai acontecer. O meio mais seguro de ficar sabendo é prepará-lo eu próprio... A franguinha está no papo. Mas o galã não é mais tão fogoso. Ditar ainda passa... (...)*
>
> *Acho mesmo, porque tenho certeza, e sei do que estou falando, que desde então os seus ardores arrefeceram terrivelmente... Ah! ah! Jovem, ardente e triste... Que certeza!... Ah! ah!... Eros energúmeno... Cuidado com o Amor... amor. amor... Ih ih ih! Convulsão grosseira... Ah ah ah!...*

O Fausto *de Valéry*

Por isso, o terceiro e último ato de *Lust,* com suas sete cenas e que se passa *na biblioteca do Doutor Fausto com paredes cobertas de livros,* será dominado pela presença de Mefistófeles e de três diabos, uma espécie de seus ajudantes (Belial, Astarote e Gunguna), e seus discursos de envolvimento de Lust e do Discípulo, tendo Fausto desaparecido de cena para somente retornar, como ele próprio e como o Solitário, no segundo fragmento da obra.

Se o segundo ato havia sido aquele das tensões eróticas e seus deslumbramento líricos, aproximando Lust e Fausto, este terceiro será o da ofensiva das tentações, buscando Mefistófeles impor o império de *Eros energúmeno* e de suas *convulsões grosseiras,* sobretudo através dos desregramentos diabólicos e grotescos de seus discípulos e ajudantes.

E nada escapa a esta ofensiva e é mesmo notável o modo pelo qual Valéry faz a crítica da cultura literária por meio de uma leitura desprezível de Mefistófeles dos livros que se enfileiram na biblioteca do Doutor, repassando, com o Discípulo, os vários saberes ali contidos, tal como ocorre na quinta cena, em que o desprezo pelo conhecimento acumulado termina por determinar o desprezo e o cansaço enjoativo pelo próprio espírito — arma fundamental utilizada por Mefistófeles em sua ofensiva.

Transformar em seu o discípulo do Doutor, inoculando-lhe o enjôo pelo espírito: eis a maquinação central de Mefistófeles no sentido de preparar o personagem para o encontro final com Lust, que se dá na sétima e última cena, e conforme o que ele havia imaginado na última fala do ato anterior, embora ali a referência seja a Fausto:

> *Estou louco para saber o que vai acontecer. O meio mais seguro de ficar sabendo é prepará-lo eu próprio... A franguinha está no papo. Mas o galã não é mais tão fogoso.*

Esta última cena, de certa maneira, repassa e resume tensões anteriores dispersas pelo fragmento de *Lust,* sobretudo aquelas referentes à possibilidade de articular conhecimento e amor que se manifestam aqui numa zona indecisa entre sono e vigília, sonho e cansaço.

A posse do Discípulo pelo discurso de Mefistófeles, que é percebida por Lust em vários momentos do diálogo, e que aponta para a oposição entre anjo e demônio, traduções interiores de amor e conhecimento, opera a separação definitiva entre os dois jovens. Uma separação que é mais uma desistência do que uma certeza de posições, como se pode perceber pela leitura dos últimos trechos do diálogo:

O DISCÍPULO
Vai embora?... Ah! Pensa que vou dormir, depois dos três encontros de hoje?... Este último, então, acabou comigo... (Senta-se, abatido.)
LUST
Ouça, meu amigo. Meu amigo de apenas uma tarde, ouça... Não acho que fomos feitos um para o outro. Tenho certeza... É preferível que lho diga, não é mesmo? Acho-o tão verdadeiro, tão simples, tão franco que sua pureza me conquista, e fala... Acredite que estou... bastante comovida... Sim, você tudo vê em mim, com sua complacência, mas isso é ver-se apenas a si próprio... Diz que sou humana, mas se lhe dissesse que há algo em mim que me é obscuro, e que nada, nada de humano poderia satisfazer... Você não me é indiferente... Espere... Se houvesse no mundo apenas o que o mundo oferece a todo mundo... Realmente, eu gostaria de ser aquela que pudesse corresponder-lhe... de maneira bem diferente da que faço... Você logo encontrará alguém... Com toda certeza... Perca docemente toda esperança aqui... Sua dor me dói... (Ele esconde o rosto entre as mãos.). *Você está sofrendo, meu amigo...*
DISCÍPULO
Mas você está me tratando afetuosamente...
LUST
É para lhe dizer adeus... (Sai rapidamente.)
DISCÍPULO
Você acaba de me entregar ao diabo!...

Quanto ao segundo fragmento de *Meu Fausto, O Solitário ou As maldições do Universo* que, segundo o autor, na nota de advertência, representaria apenas dois terços do projeto original, é constituído apenas de um ato, incluindo duas cenas, e de um *intermédio* e tem por personagens Fausto, Mefistófeles e o Solitário, para as cenas do primeiro ato, e Fausto e as fadas, para o *intermezzo*.

Ao conjunto, Paul Valéry, acertadamente, chamou de *féerie dramatique*, pois é disto mesmo que se trata: quer situado no alto, entre rochas, neve e geleiras, tudo adornado por um céu repleto de estrelas, como *num clichê da Via Láctea,* como está dito na descrição do cenário do primeiro ato, quer situado nas regiões mais baixas, na escuridão de *um interior que se assemelha a uma gruta de prismas basálticos, a um palácio fantástico e a um bosque,* como se diz na composição do cenário para o *intermédio,* a presença do maravilhoso e, portanto, do feérico, intensifica a ilusão fundamental de uma super-realidade com que se devia encerrar o conjunto de *Meu Fausto.*

É a alternância entre realismo e fantasia, necessária para a expressão dos conteúdos que preenchem este fragmento e que, por sua vez, tornam mais freqüentes as alternâncias entre prosa e poesia, dando a este fragmento de *Meu Fausto* uma maior resistência ao trabalho de tradução, é tudo isso que contribui para a atmosfera entre o sonho e o pesadelo que estrutura *O Solitário.*

O próprio Paul Valéry anotou esse clima, a que ele chamou de *terrível,* naquela *Nota sobre Meu Fausto,* dos *Cahiers,* diversas vezes citada. Diz ele:

> *Quanto ao Solitário, renuncio a lhe dar uma idéia: é um texto terrível. Mas imagine você que encontrei por puro acaso, no Novo Testamento, um versículo onde se trata da luta do Arcanjo com o Diabo para a posse do corpo de Moisés... Esta coisa estranha... Ora, eu tinha sonhado uma cena muito semelhante a esta só que se tratando do corpo de Fausto. Eis um encontro bastante extraordinário.*[13]

O que há de mais terrível neste segundo fragmento, entretanto, surge nos diálogos de Fausto com o Solitário, em que se intensifica aquela inoculação do enjôo pelo espírito que comparecia, com clareza, nas considerações de Mefistófeles acerca da biblioteca do Doutor Fausto e já anotadas páginas atrás. Daí o radical niilismo que termina por dominar o texto de Valéry e que marca a sua grande diferença com relação ao *Fausto* de Goethe.

---

[13] Paul Valéry, *Cahiers I,* op. cit., pp. 1459-60.

Nem mesmo as cenas finais, em que Fausto é acordado pelas fadas, apontam para a redenção.

Ao contrário, no último diálogo com as duas grandes fadas, depois da declaração contundente de Fausto de que está *farto de ser uma criatura*, segue-se um diálogo de completa e absoluta negatividade:

> A SEGUNDA FADA
> *Ai! Só podemos enfim obedecer-lhe...*
>
> A PRIMEIRA FADA
> *Porque se dispomos de toda natureza*
> *É enquanto escravas de palavras para nós misteriosas:*
> *Quem as possui reina e governa nossos jogos.*
> *A Palavra tem poder sobre a Metamorfose,*
> *Você que sabe todas as coisas deveria sabê-lo.*
>
> FAUSTO
> *Sei lá eu o que significam essas palavras?*
>
> A SEGUNDA FADA
> *Você não sabe senão negar*
>
> A PRIMEIRA FADA
> *Sua primeira palavra foi NÃO...*
>
> A SEGUNDA FADA
> *E será a última..*

No início do *intermédio*, ao acordar cercado pelo grupo de fadas, Fausto havia se perguntado a si mesmo se estava vivo ou morto (*Não?... Ou sim?... Morto? Morto ou vivo? Sim? Ou não?*) e a resposta do coro de fadas é pelo sim que se repete três vezes (*Sim, sim, sim...*) o que faz com que Fausto reflita sobre a sua condição:

Parece que há uma maioria perplexa favorável ao Sim. Há um Sim no ar... A coisa então teria sido adiada de novo; a morte não garantida. A menos que... a morte seja exatamente isto. Pode ser, pois nunca passei pela experiência. A questão da escolha permanece. Mas a quem compete a escolha? Mas... Acaso sofro? Tudo se resume a isso. Esta é a única e real questão: Sofrer ou não sofrer. Tudo o mais é filosofia.

Ao negar a própria Palavra, ou o conhecimento da Palavra, como está no último diálogo já transcrito, e portanto recusando o espírito enjoativo, ao sabor daquilo que chama de *estilhaços numa ferida do entendimento*, o Fausto de Valéry, que brotara das circunstâncias convulsionadas pelos horrores de duas guerras mundiais, traduz o mundo pelas maldições espargidas por Mefistófeles e sua coorte de anjos decaídos. Um tradução que espelha o niilismo de Paul Valéry. O *Seu Fausto*.

SOBRE O AUTOR

Nascido em Recife, João Alexandre Barbosa (1937-2006) foi professor de Teoria Literária e Literatura Comparada da Universidade de São Paulo, diretor da Faculdade de Filosofia, Letras e Ciências Humanas (FFLCH), presidente da EDUSP e pró-reitor de Cultura e Extensão Universitária. Publicou *A Tradição do Impasse: Linguagem Crítica e Crítica da Linguagem em José Veríssimo* (Ática, 1974), *A Metáfora Crítica* (Perspectiva, 1974), *A Imitação da Forma: Uma Leitura de João Cabral de Melo Neto* (Duas Cidades, 1975), *Teoria, Crítica e História Literária em José Veríssimo* (LTC/Edusp, 1978), *Opus 60* (Duas Cidades, 1980), *A Leitura do Intervalo* (Iluminuras, 1990), *A Biblioteca Imaginária* (Ateliê, 1996), *Entre Livros* (Ateliê, 1999), *Folha Explica João Cabral de Melo Neto* (Publifolha, 2001), *Alguma Crítica* (Ateliê, 2002) e *Mistérios do Dicionário* (Ateliê, 2004).

Este livro foi composto em Garamond
pela *Iluminuras* e terminou de ser
impresso no dia 31 de agosto de 2007 na
Associação Palas Athena, em São Paulo, SP.